신데렐라의 유리구두는 전략이었다

신데렐라의 는 전략이었다

갖고 싶은 남자를 갖는 법

곽정은 지음

www.book21.com

갖고 싶은 남자, 당신은 가졌나요?

패션매거진 회사에 입사해 연애 관련 칼럼을 처음으로 쓴 것이 2002년 여름이었다. 그 후로 7년이 지났다. 요즘 연애기사를 쓰다 보면 그동안 세상도 참 많이 변했고, 남녀의 연애관도 참 많이 변했다는 생각이 든다. 그런데 그때나 지금이나 별로 바뀌지 않은 것이 있다면 '역시 대시는 남자의 몫'이라는 생각, 그리고 '먼저 대시하는 여자는 매력이 덜하다'는 고정관념이다. 생물학적 관점에서 보자면 어쨌든 남자는 수컷으로서 타고난 사냥의 본능상 먼저 '절 좋아해주세요'라고 말하는 여자가 별로라는데, 뭐 일단 어쩌겠는가 그들의 본능을 존중할 수밖에.

하지만 점찍은 남자를 두고도 말 한 마디 못하고, 그러다 그 남자가 나보다 먼저 용감하게 고백한 여자에게 가버리더라는 웃지 못할 사연을 수도 없이 들으면서 나는 생각했다. 남자들이 먼저 대시하는 여자를 좋아하지 않는다는 생각은 구시대의 발상이며 어쩌면 이제 '용기있는 여자가 훈남을 얻는다'는 생각이 그 자리를 대신하지는 않을까. 물론 구체적인 대시의 방법이란 남자들의 그것과는 분명 달라야 한다. 무작정 들이대기 식의 대시는 곤란할 것이다. '유리구두 한 쪽을 남긴채 파티장을 빠져나간 신데렐라의 행동'은, 그러니까 단순한 실수가 아니라 실수를 가장한 노련한 대시였다는 얘기다.

이 책은 어떻게 해야 좋은 남자를 만나 행복한 연애를 할 수 있을지 궁금해하는 당신을 위해 쓰여진 책이다. 또한 자신이 어떤 여자인지 잘 알고 있고, 자신에게 어울리는 남자가 어떤 남자인지도 잘 알고 있으며, 그렇기에 괜찮은 남자를 보고도 그 마음을 숨기는 고통이 어떤지도 이미 간파해버린 당신을 위한 책이기도 하다. '여자는 남자가 대시할 때까지 기다리는 게 좋아' '연애는 남자가 주도해야 잘 될 확률이 높은 거야' 라는 남자들의 말에 더 이상 동의할 수 없는 당신이라면 이 책을 꼭 읽어야 한다.

이제 낡은 연애론에 휘둘리는 연애는 그만 하자. 갖고 싶은 남자에게 먼저 다가가는 용기를 발휘할 수 있다면, 당신은 원하는 삶에 조금 더 가까워질 수 있다. 그러니 더 이상 주저하지 말자. 그리고 무엇보다도 당신 스스로가 만족할 수 있는 연애, 모든 걸 다 쏟아부어도 후회가 없는 연애, 헤어질 땐 헤어지더라도 내 안의 무언가가 확실히 성장했다고 말할 수 있는 그런 연애를 하자. 숱한 연애를 경험했던 연애 선배로서, 끊임없이 남의 연애사를 취재하고 상담했던 연애전문 에디터로서 겪은 지난 7년간의 이야기를 나는 이 한 권의 책에 담았다. 그러니 남은 몫은 당신이 이 책을 읽고 이제 그런 멋진 연애를 하는 일 뿐이다.

나의 결정이 무엇이든 전적으로 믿어주시고 늘 응원을 아끼지 않으시는 나의 사랑하는 부모님과 가족들, 이 책이 나오기까지 가장 많이 힘써준 21세기북스의 능력 있는 편집자 박영미 팀장과 출판사 식구들에게 가슴 깊이 감사를 전한다. 그리고 마지막으로 '38년 동안 내 인생에 남은 건, 늙으신 부모님과 내 곁을 지켜주는 당신'이라 말하는 나의 연인 K에게 고마움을 전한다. 갖고 싶은 남자를 나는 이미 가졌으니 이 책에 흐르는 자신감의 절반은 아마도 그의 덕분일 것이다.

2009년 10월

곽정은

차례

프롤로그 갖고 싶은 남자, 당신은 가졌나요?

자기 자신을 냉철하게 분석하고, 연애 시장에서 자기 위치는
어디쯤에 있는지 알아내고, 이성의 눈으로 봤을 때 자신은
어떤 단점을 가지고 있는지 정확히 알아내 제대로 보강할 것!

1

연애, 왜 이렇게 어렵니?

• 워밍업

,

내가 나를 모르는데,
남자가 나를 알아줄까

"아, 외로워 죽겠어. 남자 좀 소개해주라, 응?"

알고 지낸 지 6년, 하지만 그녀가 연애를 못한 지는 벌써 8년. 일하다 알게 된 P는 요즘 들어 부쩍 내게 남자 좀 소개해 달라고 하소연을 하고 있다.

그녀의 직업은 프리랜서 아트 디자이너다. 아무리 좋게 봐도 그녀는 평범한 외모에 딱히 매력적인 구석을 찾아볼 수 없는 그러니까 길에서 흔하게 볼 수 있는 그런 스타일이다. 여자의 눈으로 보면 그냥 편안한 스타일이지만 이성으로서 매력은 솔직히 '글쎄올시다' 쪽에 가깝다.

그런 그녀가 취재하면서 남자도 많이 만날 텐데 한 명쯤 적선해줄 수도 있지 않느냐며 갈수록 채근을 심하게 하고 있는 터였다.

솔직히 말하자면 내 주위에 그럴듯한 남자는 차고 넘쳤다.

취재하다 만난 훈훈한 외모의 방송국 PD, 재작년부터 친분을 다져온 룸펜 스타일의 방송인, 친구 소개로 알게 된 섹시한 포토그래퍼, 십억 대의 유산을 물려받아 평생 돈 걱정은 안 시킬 착실파 회사원까지.

내가 다 가질래야 가질 수 없을 만큼의 리스트는 확보되어 있었다. 하지만 그녀가 아무리 졸라도 나는 그녀에게 내 리스트를 공개하지 않았다. 당연히 리스트 내의 남자를 소개한 적도 없다. 이유는? 간단히 말하자면 '욕먹고 싶지 않아서'이다.

나는 차마 그녀에게 이 사실을 직접 말할 수는 없었다. 그녀의 가장 큰 문제는 자신을 몰라도 너무 모른다는 것이었다. 여기에서 '자신을 모른다'는 건 둘 중 하나다. 자신을 과소평가해서 연애에 소극적인 자세를 보이거나 반대로 자신을 과대평가해서 쓸데없이 눈만 높은 것이다.

적어도 첫 번째 경우라면 괜히 오버했다가 남자에게 거절당할 일은 없다. 오히려 남자들에게는 수줍음 매력으로 어필할 수도 있다. 남자가 먼저 대시하고 데이트 신청을 하는 것이 '정상적'이고 '이상적'인 모습이라고 생각하는 사람들이 대부분인 대한민국에서는 이러한 여성의 행동이 오히려 좋은 쪽으로 어필할 가능성도 있다.

문제는 두 번째 경우다. P가 딱 그런 경우였다. 그녀는 자신이 연애 시장에서 어떤 위치에 속하는지 대충이라도 가늠해볼 생각을 안 했다. 오히려 무작정 남 보기에 괜찮은 남자, 만났을 때 한눈에 그 야말로 '뻑이 갈' 수 있는 남자라야 한다고 노래를 불렀다.

그래서 어느 날 나는 자포자기한 심정으로 그녀에게 이렇게 물었다. "말해봐, 그럼 네가 원하는 조건이 구체적으로 뭐야?"

"솔직히 내 나이가 적지는 않지. 하지만 그렇게 많다고도 생각 안 해. 어차피 요즘은 결혼적령기도 높아지고 있잖아? 난 그냥 한창 연애할 나이일 뿐이라고. 만약에 자기가 나한테 남자를 소개해준다면 말이야. 일단 키랑 몸매는 내 기준 알지? 리바이스 청바지 정도는 안 줄이고 입을 정도의 기럭지는 돼야 해. 폴로 티셔츠를 입었을 때 가슴 근육이 살짝 드러날 정도로 탄력 있는 몸매였으면 좋겠고, 서울 시내 4년제 가지고는 좀 그렇지. 나랑 조건이 똑같으면 진심으로 존경할 수가 없지 않겠어? 우리 부모님은 적어도 연·고대 출신 사위여야 한다고 내가 대학 졸업할 때부터 말씀하셨거든. 직장은 공사나 전문직이면 좋은데, 뭐 그냥 월급만 나보다 한 백만원 정도 더 벌면 좋겠어. 내가 애도 낳아줄 건데 똑같이 벌면 섭섭하잖아. 디올 옴므 수트가 잘 어울리면 더 금상첨화고 성격은 진지하면서도 쾌활한 스타일이 좋아. 나랑 유머 코드도 맞아야지. 내 스타일 알지? 술은 조금만 하고 담배는 피우면 안돼. 음, 더 얘기할까? 내가 부르면 어디든지 달려오고 요리나 이벤트도 자주 해주는 남자면 좋겠는데…."

속사포처럼 이어지는 그녀의 말 속에서 나는 자칫 녹다운될 뻔했다. '아, 정말이지 그런 남자가 세상에 어디 있냐고. 아니 백 번 양

보해서 그런 남자가 있다고 치자. 그런 남자가 당신을 좋아할 수 있는 가능성에 대해서 생각을 해달란 말이야!'

아무리 잘 봐주려고 해도 P는 그런 남자를 가질 만한 스펙이 안 된다. 연애시장에서 그녀가 가진 경쟁력은 딱히 내세울 만한 것이 없었다. 외모도 고만고만 성격도 고만고만. 그런데 그녀는 자신의 경쟁력을 높이기 위해 어떤 노력도 기울이지 않은 채 감이 입안으로 떨어지기만을 기다리고 있는 셈이었다.

오랫동안 연애를 못하는 여자들의 가장 큰 공통점은 바로 이런 점이다. 자신이 연애 시장에서 어디에 속하는지 객관적으로 볼 생각은 못하고 운명 같은 연인을 기대하고 있는 것이다.

하지만 현실은 냉혹하다. 도대체 왜 자신에게는 남자가 없는 거냐고 친구들을 만나 하소연하는 그 시간에도 멋진 남자들은 그녀보다 괜찮은 여자에게 작업하고 데이트하고 프러포즈하는 것이 바로 연애 시장의 현주소다.

솔직히 말해 가장 이해할 수 없는 여자들의 심리 중의 하나는 그녀들도 이토록 냉혹한 연애 시장 어딘가에 있다는 생각은 전혀 못하고 우주 어딘가로부터 날아올 운명 같은 사랑을 기다린다는 것이다.

원하는 남자를 쉽게 골라잡을 수 있다면 얼마나 좋겠는가. 하지만, 슬프게도 그건 상상 속에서나 가능한 일이다. 현실은 내가 만날 수 있는 남자는 한정되어 있고 나보다 더 괜찮은 여자가 그중에서도 괜찮은 남자를 먼저 차지한다는 것이다. 이건 결코 쉬운 문제가 아니다. 그런데 꽤나 많은 여자들이 이 사실을 망각하고 있다.

그럼 어떻게 해야 자기 자신을 냉정하게 바라볼 수 있을까? 우선 주변에서 객관적으로 나 자신을 바라볼 수 있는 사람을 찾아야 한다. 스스로가 자신의 장단점을 찾기란 건 쉬운 일이 아니기 때문에 특별한 조력자가 필요하다.

이는 보통 남자의 시선으로 당신을 솔직하게 평가해줄 사람이 필요하다는 뜻이다. 당신의 이런저런 모습을 옆에서 지켜본 사무실 남자 동료, 잠깐 만났었지만 어쩌다 보니 흐지부지 되었던 남자, 나에게 직언을 아끼지 않았던 오래된 이성 친구 정도가 훌륭한 조력자가 될 수 있다.

나 역시 연애가 난항에 빠진 시절 이 방법을 활용했다. 특히 잠깐 만났던 남자를 활용하는 전략이 제대로 먹혔다. 처음에는 호감이 있었지만 그가 나에게 더 이상 적극적으로 대시하지 않았던 이유가 분명히 있을 거라고 생각했고, 그걸 잘 물고 늘어지면 나의 단점이 뭔지 정확하게 짚어낼 수 있을 거라고 믿었기 때문이다. 뭐 물론, 쑥스럽고 자존심 상하고 민망한 일이긴 했지만 어차피 지나간 사랑인데 이런 식으로 재활용(?) 하는 게 나쁜 일은 아니지 않은가. 그 정도의 각오와 뻔뻔함도 없다면 연애할 생각은 꿈도 꾸지 마라.

나는 그런 과정을 몇 번씩 반복했고 그러다 보니, 나는 내가 바라보는 나와 남자들이 바라보는 내가 일치하지 않는다는 것을 깨달았다. 내 딴에는 섹시하게 보이려고 했던 행동이 남자에게는 무섭게 보이기도 했고 내가 아무 생각없이 했던 말이 남자에게는 은근한 추파로 비치기도 했다는 것을 알게 되었다. 객관적인 시선으로 나를 분석하다 보니 예전에는 미처 깨닫지 못했던 부분이 고스란히 나의 연애 데이터가 되어 있었다.

P는 오늘도 내게 전화를 걸어 우는 소리를 늘어놓았다. 동호회에서 만난 남자에게 아무리 추파를 던져도 별 반응이 없다는 거다. 가뜩이나 심란한데 동호회의 다른 여자 회원이 작정하고 대시를 해서 닭 쫓던 개 지붕 쳐다보는 꼴이 되었다나 뭐라나. 그녀는 확실한 조언을 해달라며 보챘지만 내게는 별달리 해줄 말이 남아 있지 않았다. 내가 지켜본 6년 동안 그녀는 하나도 변하지 않았는데 여전히 추파만 던지고 있는 꼴이란…. 미안한 말이지만 공부는 하나도 안 해놓고 매번 3번만 쭉 찍으면서 만점 맞기를 바라는 것과 뭐가 다른지 묻고 싶다.

연애가 쉽지 않다면, 아무도 내게 소개팅을 시켜주지 않는다면, 작업 한번 해보려고 해도 남자가 아무런 반응을 보이지 않아 절망에 빠져 있다면, 지금 바로 연애 공부를 시작하자. 자기 자신을 냉철하게 분석하고 연애 시장에서 자신의 위치는 어디쯤에 있는지 가늠하고 이성의 눈으로 봤을 때 나는 어떤 단점을 가지고 있는지 정확하게 알아내자. 살면서 한평생 연애만 할 수 있는 것도 아니고, 결국 우리에게는 아주 한정된 시간만이 허락되어 있을 뿐인데 이 짧은 젊음의 시간 동안 연애의 성공률을 높이기 위해 스파르타 식의 노력이 필요하지 않겠는가. 기억해두자. 전장에서 적을 알고 나를 알아야 싸움에서 이길 수 있는 것처럼 연애도 마찬가지다. 우선 자기 자신부터 파악하자. 소크라테스도 말하지 않았는가. 네 자신을 알라고.

그 구체적인 방법론이 지금부터 펼쳐진다. 기대하시라!

나를 객관적으로 바라보기 위해 조력자에게 건네야 할 다섯 가지 질문

1. 나를 처음 봤을 때 제일 처음 떠오른 느낌을 형용사로 모두 말해줘.
2. 내가 어떤 옷을 입을 때 제일 예쁘고 어떤 옷을 입을 때 별로인 것 같아?
3. 내 말투에서 거슬리는 단어나 표현이 있었어?
4. 내 몸매에서 가장 안습인 곳은 어디야? 반대로 드러내야 할 곳은 어딜까?
5. 네가 생각하기에 내가 연애를 못하는 가장 큰 이유가 뭐라고 생각해?

연애, 왜 이렇게 어렵니?

완벽한 여자보다
약간 모자란 여자가 낫다

"연락 두절된 게 이것 때문이었니?"

친한 친구 J가 잠적했다가 갑자기 친구들 앞에 나타난 것은 근 반년 만의 일이었다. 한껏 높아진 코와 김혜수도 부럽지 않을 풍만한 가슴을 가진 여자로 변신하고서 말이다. 친구들은 모두 경악했다.

"부기가 다 빠질 때까지 기다리느라 6개월 동안 연락을 못했어. 원래는 좀 더 빨리 볼 수 있을 줄 알았는데 나이가 들어 혈액순환이 느려서 그런지 부기도 늦게 빠지더라. 이제 와서 말이지만 이거 다 남자 때문에 한 거야. 작년에 나 찬 놈 기억나지? 갑자기 싫증내는 횟수가 잦아지더니 누가 봐도 진짜 예쁜 여자 만나서 바로 도망가더라. 그걸 보고 정말 깨달은 게 많았어. 나는 완전히 다른 여자가 되기로 결심했어. 완벽한 여자가 되고 말거야. 누가 봐도 예쁘고 탐나는 여자

말이야. 그러면 그런 놈 말고 진짜 완벽한 남자를 만나서 그놈에게 제대로 복수할 수 있을 거 아냐. 성형수술은 뭐랄까 가장 확실한 효과를 기대할 수 있으니까 첫 번째 코스로 시작한 거고 앞으로 하나씩 다 바꿀 거야. 완벽한 여자로 거듭날 테니까 한번 지켜보라구."

사실 그녀는 수술 전에도 꽤 괜찮은 미모의 소유자였다. 단지 코가 조금 낮아서 완벽한 도시 미녀 같지는 않았고 가슴이 조금 작아서 A컵 브래지어가 한스럽다 노래를 불렀을 뿐. 그래도 그녀는 예뻤다. 여자가 보기에도 남자가 보기에도 마찬가지였다. 그런데 문제는 3년이나 사귀었던 남자친구가 갑자기 다른 여자에게 눈길을 돌리더니 이 친구를 뺑 걷어찼다는 것이었고 그녀는 이 모든 원인을 자신의 외모 탓으로 돌리고 말았다는 것이었다.

완벽한 여자가 되어야 자신이 원하는 완벽한 남자를 만날 수 있을 거라는 생각에 갑자기 변신에 올인하는 여자들이 비단 J뿐일까. 뚱뚱한 여자가 싫다는 남자의 말 한 마디에 두 달 만에 10킬로그램을 감량하는 여자도 봤고 학벌이 딸리는 며느리는 싫다는 예비 시어머니의 말씀에 계획에도 없던 대학원을 다니는 여자도 봤다. 이쯤되면 연애가 연애가 아니라 세자빈 간택은 저리 가라 할 지경이다. 정말 이렇게까지 해야 하는 걸까.

결론부터 말하자면 내 대답은 'No'다. 완벽한 여자가 되어야 완벽한 남자를 만날 수 있다는 것은 대체 누구 머릿속에서 나온 발상일까. 그건 온전히 우리들의 머릿속에서 나온 것이다. 이 헛되고 헛된 생각을 우리 머릿속에 심어주려고 한 사람이 딱히 있는 것도 아닌데 우리는 스스로 이런 주문을 되뇌고 있다. 하지만 다행인지 불행인지 이 생각은 처음부터 틀렸다. 왜냐고? 이제부터 증명해보자.

첫째, 완벽한 남자를 바라는 것 자체가 완전히 어불성설이다. 대체 이 세상에 완벽한 남자가 어디 있단 말인가? 우리가 아무리 노력해도 완벽한 여자가 될 수 없듯이 완벽한 남자도 없다. 겉으로는 멀쩡하게 보여도 생각도 완벽하고 평상시 생활습관까지 완벽할 수는 없다. 내 주위에도 그런 사례의 남자들은 흔하디 흔하다.

몇 년째 알고 지내는 훈남 의사 한 명은 숱한 여자들의 로망이지만 술만 마시면 헐크로 변하는 몹쓸 버릇이 있다. 얼마 전 결혼한 친구 D는 싱글 시절 섹시한 외모로 뭇 여성들의 가슴을 설레게 했지만 타고난 암내가 심해 아내가 수술을 받지 않으면 섹스를 하지 않겠다고 데모 중이다.

아무리 멋지게 보이는 남자도 다 제 나름의 단점을 하나씩은 갖고 있다. 자, 그러니 이제 환상에서 깨어나자. 남자든 여자든 지금 만나는 그 사람보다 더 좋은 사람은 없다고 생각하자. 상대에게 바라는 것이 많아질수록 불만이 쌓여가고 다툼이 잦아진다. 처음부터 이성이 완벽하기를 바라는 잘못된 기대를 품고 연애를 시작하니 작업이고 뭐고 잘 될 리가 없다.

둘째, 내가 생각하는 완벽한 남자가 내가 생각하는 완벽한 여자를 이상형으로 생각하지 않을 수도 있다. 지금 당장 친구들에게 '어떤 남자가 완벽한 남자라고 생각하니?' 라고 물어보라. 모두가 다 다른 대답을 할 것이다.

쉽게 생각해보자. 많은 이들이 멋지다고 말하는 장동건을 보고도 어떤 이는 너무 느끼해서 별로라고 말한다. 그러니 내가 아무리 완벽하게 변신했다고 해서 그도 나를 완벽한 여자로 바라볼 것인가 하는 것은 확신할 수 없는 문제다. 그 남자의 눈에 들려고 살도 빼고 성형수술도 하고 상식도 줄줄 외워서 비로소 완벽한 여자에 가까워졌다고 믿는 순간이 왔다 해도 정작 그는 나를 완벽한 여자로 봐주지 않을 수 있는 것이다.

친구의 소개로 만나 오빠 동생 사이로 편하게 지내는 P는 마흔을 코앞에 둔 변호사다. 그를 노리는 마담뚜 및 결혼정보회사의 커플매니저들은 그에게 미모면 미모, 집안이면 집안, 하나도 부족할 것이 없는 여자만을 골라 연결해주었다. 심지어 그의 지인들은 알만한 미모의 연예인까지 소개해주었지만 그의 대답은 항상 "글쎄"였다. 남들이 인정하는 완벽한 여자가 정작 그에게는 매력적인 여자가 아니었던 것이다. 너무 예쁜 연예인조차도 그에게는 '그다지 확실한 매력이 느껴지지 않는 그저 그런 여자' 라고 하니 주위 사람들로서는 기가 찰 노릇이었다.

그렇다. 이렇듯 남녀관계는 우리의 생각처럼 그렇게 단순하지 않다. 완벽한 여자가 완벽한 남자와 이어지는 것이 논리적으로 맞을 것 같지만 남녀관계는 절대 그렇지 않다. 이런 산술적인 마인드로 연애를 이해하려고 하니 무작정 완벽한 여자만 되려고 애를 써도 그 노력이 별반 좋은 결과로 이어지지 않는 것이다.

가장 중요한 셋째, 대부분의 남자들은 정작 완벽한 여자에게는 관심이 없는 경우가 많다. 정확하게 말하자면 남자들은 여자를 볼 때 절대 저 여자가 완벽한가 그렇지 않은가를 놓고 고민하지 않는다는 말이다. 상대를 고를 때 계산기를 더 많이 두드리는 것은 오히려 우리 여자들이다. 남자는 여자를 만날 때 우리가 생각하는 것보다 더 감성적이다. '저 여자와 함께 있으면 굉장히 편할 것 같다' '저 여자의 웃음소리를 들으면 정말 행복해' '저 여자를 행복하게 해주고 싶다' 같은 마음속의 울림이 수줍던 남자도 저돌적으로 만들고 안될 것 같던 사랑도 꽃피우게 만드는 것이다.

여자는 완벽한 남자가 품고 있는 아우라에 반할지 모르지만 남자는 완벽한 여자를 보면 일단 주눅부터 든다. 옆에 섰다가 자기가 먼저 초라해질 것 같은 여자를 보면 뒷걸음치는 존재가 바로 남자란 말이다. 그러니 완벽한 여자가 되겠다는 목표를 갖고 자기 자신을 채찍질한다는 게 얼마나 고달프고 무의미한 일인지 깨닫길 바란다.

연애를 잘하고 싶고 원하는 남자를 내게 빠져들도록 만들고 싶다면 오히려 '완벽녀 콘셉트'에서 멀어지도록 노력하자. 뭔가 하나 부족해 보이지만 오히려 남자로 하여금 부족함을 채워주고 싶은 여자가 되어야 한다. 그러기 위해서는 자신의 단점을 솔직히 보여줄 줄도 알아야 한다. 이제부터는 쓸데없이 오버하며 강한 척 하지 말자.

포인트는 남자로 하여금 '이 여자와 함께 있으면 나도 빛나고 그녀도 빛이 나겠구나' 라는 생각이 들도록 만드는 것이다.

첫인상이 차갑다는 말을 듣는가? 그렇다면 무장해제하고 일단 웃어라. 그 남자 앞에서는 귀여운 실수도 저질러야 한다. 주말에 뭐하냐는 질문에 이미 일정이 꽉 찼다고 쌀쌀맞게 대답하지 말고 "글쎄요, 아직 생각중이에요"라고 답하라. 어떤 남자를 좋아하느냐는 질문에는 제발 이것저것 대지 말고 "저를 아껴주는 남자면 충분하죠"라고 간단하게 대답하라. 표정과 대답에 힘을 빼고 유연하게 대응할수록 문제의 완벽녀 콘셉트에서 멀어질 것이고, 그럴수록 남자는 다가오게 되어 있다.

완벽녀 이미지 재빨리 버리는 법

1. 필요 이상으로 깐깐하거나 새침한 말투를 줄인다.
2. 화나거나 싸울 일이 있어도 절대 바닥을 드러내지 않도록 한다.
3. 아무리 몸매에 자신이 있어도 지나치게 타이트한 옷만 입지는 않는다.
4. 데이트할 때 완벽하게 스케줄을 짜고 나가는 일이 없도록 한다.
5. 더치페이는 눈치껏, 그가 내겠다고 하면 굳이 뜯어말리지 않는다.

성격으로 어필하고 싶다면서
소개팅을 하겠다고?

가끔 만나서 차 한 잔 하는 지인 A는 요즘 고민이 많다. 역시 남자 문제다. 벌써 올해 들어서 열 명의 남자와 소개팅을 했는데도 단한 명과도 제대로 연결되지 못했던 것이다. 너무 마음에 들어서 그날 밤 보내주기 싫었던 남자가 둘, 한 번쯤 다시 봤으면 좋을 것 같던 남자가 넷, 다시는 마주치고 싶지 않았던 남자가 넷이라고 했다.

"그런데 어쩜 그럴 수가 있죠? 너무 마음에 드는 남자는 나한테 전화번호조차 안 물어봤고 한 번쯤 다시 봐도 좋을 것 같던 남자는 며칠간 별로 영양가도 없는 문자만 주고받다가 흐지부지 되었어요. 그 와중에 제일 화나는 게 뭔지 알아요? 다시는 마주치고 싶지 않던 진상들마저도 애프터를 신청하지 않더라는 거예요. 이건 분명히 둘중 하나에요. 남자들이 모두 미쳤거나 아니면 나한테 정말 큰 문제가 있거나."

"남자들이 모두 미친 거라고는 말하기 어렵겠는데요"라는 말이 목까지 차올랐지만 차마 그렇게 말할 수는 없었다. 그나저나 A의 가 문제는 도대체 무엇이었을까? 그녀가 소개팅 자리에서 도저히 용납 될 수 없는 이상한 말이라도 꺼낸 걸까 아니면 말도 안되는 옷차림으 로 상대를 뜨악하게 만들었던 걸까. 그것도 아니면 괜한 잘난 척으로 남자들의 자존심이라도 긁었던 걸까.

이쯤해서 슬쩍 내 경험담을 꺼내야 할 것 같다. 지금은 자타공인 연애전문가로 글을 쓰고 있는 에디터이지만 나도 한때는 A처럼 숱한 소개팅을 하면서도 제대로 애프터 한 번 못 받던 시절이 있었다. 사 실 나도 그때 A와 똑같은 말을 했었다. "남자들이 모두 눈이 삐었거 나 아니면 나한테 정말 큰 문제가 있거나"라고. 그런데 시간이 지나 고 보니 그게 아니었다. 남자들이 모두 이상한 것도 그렇다고 내가 완전히 이상한 것도 아니었다. 다만 문제는 내가 남자를 만나는 방식 에 있었다. 즉 내가 소개팅을 통해 남자를 만났기 때문에 원하는 결 과를 거두지 못했다는 것이다.

남들 다하는 소개팅이 뭐가 문제냐고? 지금에 와서야 당당히 고 백할 수 있지만 당시 나는 사실 좀 별로였다. 첫 만남에 남자의 호감 을 살 만큼 확실한 매력포인트가 없었다. 지금보다 7~8킬로그램이 더 나가 상당히 건장한 편이었고 여성스러운 매력은 커녕 보이시한 옷만 걸치고 다녔으며 처음 본 남자와 화기애애하게 대화할 수 있는 말주변 혹은 애교 비슷한 것도 제대로 갖추지 못한 상태였다.

문제는 정작 내 상태를 정확히 파악하지 못하고 '이번에는 되겠지'라는 심정으로 무작정 소개팅 자리에 나갔다는 것이다. 생각해보자. 우리 역시 소개팅 같은 만남을 앞두고 온갖 상상의 나래를 펼치기 마련이다. 상상 속에서 상대방은 가장 매력적이면서도 틀에 박힌 모습으로 등장한다. 최악의 경우를 상상하며 마음을 다잡고 소개팅에 나가는 여자는 흔치 않다.

그런데 남자들은 훨씬 더 구체적인 상상을 한다는 게 문제다. '어떤 여자가 나오든 그 여자와 좋은 대화를 나누며 그 여자가 내게 맞는 여자인지 생각해봐야지'라며 열린 마음으로 소개팅 자리에 나오는 그런 남자는 이 세상에 아마도 없을 것이다. 그들은 그저 오랜 시간에 걸쳐 학습된 전형적인 이미지만을 떠올릴 뿐이다. 청순한 외모에 예쁜 몸매를 드러내주는 단정한 원피스 차림으로 단아하게 앉아 있는 아주 전형적인 여자를 기대한다는 말이다. 유치해서 못 참겠다고? 그게 남자인 걸 어쩌랴.

이렇게 소개팅은 태생적으로 결코 성공할 확률이 높지 않은 구조로 되어 있다. 만나기 전에는 상대방에 대한 기대가 한껏 부풀지만 만나고 나서는 단 몇 시간 만에 상대를 다시 볼지 말지를 결정해야 한다. 내가 "다시 볼 수 있을까요?"라고 말하는 순간 상대에게 속마음을 대놓고 보여주는 셈이 되고, 거절당할지도 모른다는 불안감에 휩싸여야 하니 애프터를 한다는 것 자체도 쉽지 않다.

그런데 이보다 더 큰 문제는 바로 현재의 A나 과거의 나 같은 여자들에게 있다. 단 몇 시간 안에 다시 볼지 말지를 결정해야 하고, 만남의 목적이 오로지 '연애해볼까 말까'를 결정해야 하는 자리에서 이성을 만나기에 우리는 뭔가 많이 부족한 사람들이었던 것이다. 애초부터 우리는 소개팅이란 그야말로 전형적인 '여자들에게나 어울리는 자리라는 것을 알아차려야 했다. 짧은 시간 동안 처음 보는 남자와 마주앉아 서로를 탐색하면서 우리의 감춰진 매력을 그들이 자연스레 알아차려줄 것이라는 기대는 처음부터 갖지 말았어야 했던 것이다. 왜냐하면 우리는 단 한 번의 만남으로 매력을 어필하기에는 너무 복잡한 그러니까 양파 같은 여자들이기 때문이다.

그 이후로 나는 결국 소개팅을 그만두었다. 두세 시간만에 나를 괜찮은 여자라고 어필해야 하는 자리에서 운명의 남자를 만나보겠다는 결심 같은 건 더 이상 하지 않기로 마음먹은 것이다. 오히려 그 후로 나의 연애 라이프는 단순하고 명쾌해졌다. 선택받지 못하면 어떻게 해야 하는지에 대한 부담감도, 나를 어떻게 포장해야 하는지 잔머리를 굴릴 필요도 없게 되었기 때문이다. 다만 소개팅에 나가서 버린 에너지와 시간이 아까울 따름이었지만 그저 조금씩 천천히 내 매력을 보여줄 수 있는 자리가 찾아보면 이미 많다는 걸 생각하지 못한 대가쯤으로 여겼다.

어떤 사람은 소개팅을 통해서 천생연분을 만나 결혼까지 하고 또 어떤 사람은 소개팅이야말로 남자를 만날 수 있는 최고의 방법이라고 주장할지도 모르지만 소개팅에 어울리는 여자는 따로 있다. 여성스러운 매력이 철철 넘치는 소위 '전형적인' 여자라면 소개팅에 나가서 애프터를 받고 성공적으로 커플에 골인할 확률이 높지만 그렇지 않다면 다시 한 번 생각해봐야 한다. 나는 어떤 타입의 여자인지, 소개팅에 나오는 남자가 나에게 정말 호감을 느낄 가능성이 얼마나 될지, 보통의 남자들이 소개팅에 나오는 여자에게 기대하는 점과 내가 얼마나 일치하는지를 따져보고 소개팅 자리에 나갈지 말지를 결정해도 늦지 않다.

주위에 남자가 없다고 지인들을 붙잡고 소개팅 좀 주선해달라고 하는 것, 그것이 정말 당신의 연애 생활에 도움이 되는 건지 꼭 한 번 생각해보길 바란다. 끊임없이 조르면 분명 소개팅은 끊임없이 들어올 것이다. 하지만 소개팅을 아무리 해도 이렇다 할 결과가 없다면 다 이유가 있는 법이다. 괜히 자존심에 상처만 입을 수도 있다. 오히려 다른 곳에서 만났다면 좋은 만남으로 이루어질 수도 있는 사람이 소개팅이라는, 제약된 조건에서 순식간에 결정을 내려야 하는 자리로 인해 인연으로 발전하지 못하는 경우가 많다. 이는 너무 안타까운 일이다.

가장 중요한 것은 있는 그대로의 내 모습, 내가 매력적이라고 생각하는 모습을 보여줄 수 있는 상황에서 남자를 만나는 것이다. 여러 사람이 만난 술자리에서 매력을 십분 발휘하는 타입이라면 단체 모임에서 내 남자를 찾을 확률이 높다.

만약 요리에 자신이 있다면 스스로 홈파티의 호스트가 되어 인연을 찾아보자. '어쨌든 난 얼굴에 가면 하나는 쓰고 만나는 소개팅 자리에서 가장 빛이 나는 것 같아' 라고 결론이 났다면 소개팅을 공략하면 된다. 이런저런 계산 없이 무조건 가장 쉽고 편한 방법이라고 소개팅을 통해 남자를 손에 넣으려고만 하진 말자. 남자 탓도 하지 말고 외모 탓도 하지 말고 성격 탓도 하지 말자. 그보다 먼저 당신이 남자를 만나는 방식부터 변화를 주는 쪽이 훨씬 현명한 방법이다.

TIP.

소개팅에서 애프터 못 받는 여자들의 치명적인 공통점

1. 소개팅에서 대화 주제나 데이트 코스는 남자가 이끌어야 한다고 생각한다.
2. 대화 도중, 소개팅남이 꺼낸 이야기 주제에 대해 '전 그거 관심 없는데' 라는 말을 두 번 이상 한다.
3. 상대로부터 약간이라도 마음에 안 드는 점이 발견되면 얼굴에 모두 드러난다.
4. 남자가 모든 데이트 비용을 부담하는 것이 맞다고 생각한다.
5. 집에 데려다주겠다는 남자의 말에 "네, 그러세요"라고만 대답한다.

친구에게 연애 상담을 요청하는 것이 위험한 이유

　　어느 주말 오후, 강남의 한 카페에서 미팅이 잡혀 있던 나는 예정보다 조금 일찍 도착해 약속시간을 기다리고 있었다. 주말이라 그런지 카페의 자리란 자리는 모두 가득 차 있었다. 그때 나는 본의 아니게 뒤쪽 테이블에 앉은 여자들의 이야기를 엿듣게 되었다.

　　"남친이랑은 별 문제 없는 거야? 어째 표정이 좀 그렇다?"

　　"사실은 별로야. 원래 주말이면 매일 나랑 같이 데이트하고 여행도 가고 그랬는데 지난주부터 자꾸 선약이 있다면서 이렇게 나를 방치하잖아. 다른 여자가 생긴 건 아닐까 걱정되는데 어떻게 그런 걸 자존심 상하게 대놓고 물어봐."

　　"야, 어떻게 주말에 너를 혼자 놔둘 수가 있어? 이유 불문하고 그게 말이 되는 얘기야? 당연히 주말엔 둘이 같이 시간을 보내야지.

그리고 그냥 선약이라고만 말하는 것도 뭔가 수상해. 사랑하는 사이에 비밀이 어디 있어? 100퍼센트 공개해야 되는 거 아냐? 난 남친 생기면 스케줄은 완벽하게 공개하도록 만들 거야. 비밀이 있다는 건 곧 어디론가 빠져나가겠다는 증거니까."

연애가 쉽지 않을 때 갑자기 뭔가 잘 안 풀리는 것 같을 때 우리는 가장 먼저 가까운 친구에게 SOS를 요청한다. 그에게서 연락이 뜸한데 혹시 다른 여자가 생긴 것은 아닌지 그가 진짜 내 짝이 맞는지 그 남자가 이러이러한 말을 했는데 그 진의가 무엇인지 등 다양한 연애 고민을 털어놓는 제1순위는 바로 동성 친구다.

아무래도 가장 편안하게 비밀을 털어놓을 수 있고, 주변에 고민을 털어놓을 만한 이성 친구가 많지 않은 경우라면 더욱 동성 친구를 찾기 마련이다. 게다가 여자들이 관계 지향적인 성향이 강하기 때문에 삶에 있어서의 고민, 그것도 남자 이야기를 나누면서 여자들끼리 가까워질 수 있다고 믿는 것도 동성 친구를 찾는 한 요인이다. 확실히 동성 친구끼리 이런 고민을 털어놓고 또 상담해주고 하는 일은 '우정지수 높이기'와 '사랑문제 해결'이라는 일석이조의 효과가 있어 보인다.

사실 동성 친구에게 고민을 털어놓는 것 자체가 문제는 아니다. 하지만 이렇게 하다 보면 문제가 해결되기는 커녕 문제가 더 꼬이는 경우가 있다는 것을 유념해야 한다. 그 중에서도 가장 문제가 되는 부분이 바로 내가 카페에서 목격한 두 여자의 사례 같은 경우다.

'연인이라면 당연히 주말엔 시간을 함께 보내야 하고 사랑하는 사이에 비밀이 있을 수 없다' 고 힘주어 이야기하던 그녀는 연애 경험이 아주 없거나 좀 있다고 하더라도 그 기간이 길었을 리가 없다. 한마디로 연애를 제대로 모른다는 이야기다. 어떤 남녀가 만나느냐에 따라서 연애의 양상은 180도 달라지게 마련이다. 예를 들어 주말마다 습관적으로 데이트를 하는 커플보다, 자주 만나지는 못해도 오히려 진실한 연애를 하는 경우도 얼마든지 있을 수 있다. 그런데 그녀는 그런 부분에 대한 이해가 전혀 없는 상태에서 친구에게 조언을 하고 있다. 이렇게 연애 경험이 전무한 친구에게 자신의 연애 문제를 털어놓는 것만은 정말 피해야 한다.

　그럼에도 불구하고 마음이 복잡하고 갈피를 못 잡을 때 어떻게 그럴 수가 있냐며 나 대신 분노의 감정을 표출해주는 친구의 감정적 동의가 일시적으로 가슴 속을 시원하게 만들어주기는 한다. 나 역시 연애가 잘 안 풀릴 때 그런 친구들과 이야기하면서 이상적인 연애에 대해 격한 토론을 나눈 때도 있었다. 그러나 그런 친구들에게서 얻을 수 있는 것은 그 시원한 감정들, 딱 거기까지다.

　카페에서 연애 고민을 털어놓은 그녀는 친구의 이야기를 듣고 아마 마음이 흔들렸을 것이 틀림없다. 원래는 '주말에 각자 시간을 보내는 것도 나쁠 건 없지. 각자의 삶이란 게 있으니까 말이야' 라고 스스로를 납득시키며 자신의 연애관을 만들어가는 과정에 있었다 해도 친구의 말 한 마디에 공연히 화가 나고 나도 그렇게 생각해야 할 것 같은 기분이 들기 때문이다.

주제를 막론하고 누군가에게 자신의 고민거리를 털어놓는다는 것은 내가 나 혼자만의 시각으로 볼 수 없었던 부분을 볼 수 있게 만든다는 의미가 가장 크다. 하지만 이렇게 내가 내 생각을 미처 정리하기도 전에 다른 이의 부정적인 판단을 먼저 접해버리면 시각이 넓어지기는 커녕 오히려 감정적이 되고 판단이 흐려지게 된다.

친구에게 구하는 연애 상담이 문제가 되는 경우는 이것만이 아니다. 그것은 바로 친구를 찾는 나 자신에게 있다. 정작 나에게 필요한 조언을 해주는 친구는 의식적으로 피하고 내가 듣고 싶은 이야기를 해주는 친구만 골라서 SOS를 요청한다는 것이다.

취재하다 만난 L이 바로 그런 경우였다.

20대 후반의 직장인이었던 그녀는 업무상 만난 남자들과 짧은 만남과 이별을 반복적으로 지속하곤 했는데, 그러다 보니 업무에 제대로 집중하지 못했고 결국 그녀의 커리어에도 문제가 생겼다. 그녀 역시 오랫동안 반복되어온 자신의 연애 패턴 때문에 스스로도 답답해하고 있던 지경이었다.

그녀는 이 모든 문제의 원인이 자신에게 있는 것은 아닌지 스스로를 되짚어 보는 과정이 필요했다. 하지만 그녀는 그러지 않았다. 오히려 그럴 수 있는 기회를 스스로 차단했다. 그녀가 만나서 고민을 털어놓는 친구들은 한 남자와 7년이나 만났지만 권태기에 빠져 있거나 서른이 다되도록 남자와 섹스 한 번 못해봐서 스스로를 연애의 패배자라고 믿고 있거나 그도 아니면 그녀처럼 만남과 이별을 반복하면서 문제의식조차 없는 그런 친구들이었다.

그녀들은 L에게 자신을 되돌아보면 거기에 해답이 있을지도 모른다는 이야기를 해줄 준비가 되어 있지 않았다. 어쩌면 L은 자신이 갖고 있는 내면의 트라우마를 누군가가 목격하는 것이 못내 두려웠을지도 모른다. 그래서 자신에게 진정어린 충고를 해줄 사람보다 마음이 편안해질 이야기만 해줄 사람만 골라 도움을 요청한 것이다. 또는 비슷한 경험을 서로 토로하며 맞장구를 쳐줄 사람만 만나려고 했다. 하지만 듣고 싶은 말만 듣는다는 것, 그것이야말로 시간 낭비 에너지 낭비다. 듣고 싶은 이야기만 들을 생각이라면 굳이 누군가를 만날 이유도 없이 스스로에게 '난 잘하고 있어' 라며 마인드컨트롤을 하는 것만으로 충분하다.

연애란 그야말로 상황 대 상황이라는 것, 그리고 지극히 사적인 영역에 속하는 문제라는 것을 우리는 너무나 자주 잊어버린다. 그래서 마음이 맞는 동성 친구를 만나 굳이 하지 않아도 좋았을 상담을 하고 자기가 듣고 싶은 이야기만 듣고는 '역시 넌 내 친구야' 라며 이것이 곧 우정이라고 착각하는 것이다.

하지만 연애 중인 당신이 반드시 알아야 할 사실은 내 연애가 무사한지 타인의 입으로 '확인' 받아야 할 이유 따위는 없다는 것이다. 내 연애가 모든 친구의 지지를 받아야 하는 것도 아니다. 당신의 사랑을 잘못된 우정의 제물로 삼지 마라.

연애는 연애, 우정은 우정이다. 중요한 것은 친구의 지지보다 당신 스스로의 판단이다. 내가 스스로 납득할 수 있고, 내가 행복하면 그만인 연애를 해야 데이트를 해도 즐겁고 이별을 해도 세상 모두에게 떳떳해질 수 있다.

그저 그런 동성 친구 말고 이런 사람에게 상담 받자

1. **이혼한 사람** | 결혼이나 연애에 대해 부정적인 견해만 갖고 있을 거라는 생각은 금물. 오히려 자신의 잘못된 선택을 바탕으로 '이런 사람, 이런 행동만은 하지 마라' 라는 조언을 누구보다 잘 해줄 수 있다.

2. **정말 행복하게 결혼 생활을 하고 있는 사람** | 동년배에게만 연애 조언을 구하지 말자. 결혼해서 십수 년째 행복하게 지내고 있는 사람이라면 당신에게 좀 더 넓은 시야에서 조언을 해줄 수 있을 것이다.

3. **바람둥이** | 한 사람을 진득하게 만나지 못하는 사람이라고 해도 배울 점은 분명 있다. 적어도 그들은 '이런 사람은 절대 가까이 하지 않는다' 는 원칙이 확고하다.

4. **게이 친구** | 영화 〈섹스 앤 더 시티〉의 캐리 브래드쇼처럼 게이 친구를 활용하는 것도 괜찮은 방법이다. 게이 친구는 남자의 마음과 여자의 마음을 객관적인 시선으로 판단할 수 있는 매력적인 존재들이다.

5. **옛 연인** | 예전에 사귀었던 남자친구와 쿨한 관계를 유지하고 있는 사람이라면 연애 고민을 털어놓는 것도 나쁘지 않다. 당신의 장단점을 모두 파악하고 있는 그 남자는 지금 당신이 만나는 남자에 대해 남자로서 조언을 아끼지 않을 것이고 적어도 똑같은 실수를 반복하고 있지는 않은지 체크해줄 가능성이 크다.

연애, 왜 이렇게 어렵니?

천하의 훈남도
못 고쳐줄 연애 공포증

"난 아무래도 연애하긴 글렀나봐."

"무슨 소리야? 연애가 별거니? 마음 편하게 먹고 일단 남자를 만날 기회를 좀 늘려봐. 그러다 보면 네가 어떤 남자를 만나 어떤 연애를 해야 할지 답이 나올 수도 있을 거야."

"그냥, 남자를 만날 일이 있으면 겁부터 나는데 어떻게 해야 할지 모르겠어. 그 남자가 나에 대해서 어떻게 생각하는지 다 알 수 없다는 것도 겁나고 그 남자가 별로일 지도 모르는데 그 남자가 나를 좋다고 하면 어떻게 거절해야 할지 그것도 고민돼. 그리고 솔직히 남녀가 만나다가 결혼까지 갈 확률보다는 깨질 확률이 더 높잖아. 깨지고 나면 그 허탈감과 상실감을 어떻게 극복하냐구."

동갑내기 동창 H의 한숨 섞인 하소연에 나도 한숨이 나왔다. 그녀는 나이 서른둘에 아직까지 제대로 된 연애를 한 번도 못해본, 그래서 결과적으로 남자 경험도 전혀 없는 천연기념물이다. 스물두 살때부터 친구였으니 10년 동안 그녀를 지켜본 셈인데, 그녀는 10년전이나 지금이나 똑같은 소리를 하고 있었다. 10년 동안 단 한 번도바뀌지 않았던 그녀의 연애관. 그리고 10년 동안 단 한 번도 하지 못한 연애 경험. 나는 그녀가 겪고 있는 이 증상을 한 마디로 '연애 공포증'이라고 진단했다.

연애 공포증에 빠져 있는 여자들이 바라는 것은 하나다. 자기 입맛에 맞는 남자가 운명적으로 먼저 다가와 아무런 장애물 없는 사랑을 하고 단 한 번의 다툼도 없이 결혼까지 일사천리로 성공하는 것이다. 이는 마치 동화 같은 이야기다. 그런데 문제는 이런 스토리는정말 동화 속에서나 가능하다는 것이다.

운명적인 남자를 만나는 것만 봐도 그렇다. 생각해보라. 나를 사랑하고 내가 사랑할 수 있는 남자가 어느날 갑자기 '뿅' 하고 나타나서 나에게 사귀자고 하는 게 연애라고 생각하고 있다는 건데, 연애가그렇게 쉽다면 내 친구가 10년 동안이나 솔로였겠는가. 운명같은 인연을 만나면 종이 울린다는 이야기는 벼락을 일곱 번이나 맞고도 살아 남았다는 어느 할아버지의 이야기처럼 허황된 부분이 많다. 설사머릿속에 종이 울렸다 치더라도 그것이 지속적인 호감과 만남으로이어지는 일 역시 쉽지 않다.

대체로 연애는 에너지 낭비가 심한 탐색전과 머릿속에서 종은

울렸으되 잘못 울린 종 때문에 허우적대는 시간들, 그리고 이사람 저 사람 사이에서 나에게 더 맞는 짝을 찾아내기 위한 갈등으로 시작된다. 남들은 다 그렇게 힘들고 빡세게 연애를 시작하는데 자기 혼자만 고상을 떨겠다고? 그러니 연애가 잘 될리가 있나.

게다가 연애할 때 남녀가 언제나 의견과 감정의 일치를 보아야만 한다는 이상주의도 여기에 한 몫을 한다. 그녀들은 연인과 언쟁이라도 벌어지는 날에는 이별이라도 불사해야 한다고 생각한다. 그렇기 때문에 설사 어찌해서 연애를 시작했다고 하더라도 잘 풀리지가 않는다. 감정의 희비곡선이 언제나 좋았던 그 순간에 머무르길 바라기 때문에 소극적이고 약자가 되기를 자처한다. 괜히 세게 나갔다가 그가 화라도 내면 무기력하게 자신을 원망하고 크게 다투기라도 하면 스스로가 '이것은 실패한 연애'라고 규정한다. 그런 두려움 때문에 연애 자체를 피하기도 하고 연애 초반에 자신의 기대와 조금만 달라도 지레 겁을 먹고 연애를 포기하기도 한다. 마치 이솝 우화의 '여우와 신포도'처럼 말이다.

연애 본연의 의미를 한 번쯤 다시 생각해보자. 우리는 단순히 어떤 남자와 오로지 평화롭게 지내기 위해서 연애를 시작하는 것이 아니다. 갈등 없이 잘 지내는 것이 연애의 목적이 되는 순간, 그 연애는 본래의 목적을 잃어버린다. 그저 갈등이 없는 게 목표라면 그냥 아무도 만나지 않는 편이 오히려 나을지도 모른다. 적어도 상대방으로 인한 스트레스는 받지 않을 테니까. 연애의 목적? 그것은 '나의 행복'

이다. 궁극적으로 연애는 내가 혼자 있는 것보다 같이 있을 때 행복하기 위해서 하는 것임을 우리는 종종 잊고, 굳이 신경 쓰지 않아도 되는 부분까지 필요 이상으로 신경을 쓴다. 당연히 남자친구와 갈등이 많은 것보다 적은 것이 정신건강에는 이로운 일이겠지만, 무작정 "난 싸우는 게 싫어, 연애가 무서워"라고 말한다면 연애의 참맛을 제대로 느낄 수나 있을까.

어떤 관계든 갈등을 피할 수 없다는 사실을 인정하면 관계에 대해 더욱 성숙한 자세를 가질 수 있다. 서로가 다른 존재이고 어느 한쪽이 다른 한 쪽에 속해 있는 것이 아니라는 것을 깨닫게 되면 보다 성숙한 관계가 만들어지는 법이다. 대하기가 유난히 껄끄러운 상사를 대할 때도 이러한 원칙은 필요하지 않던가. 남녀관계도 크게 다르지 않다. 서로가 오랫동안 다른 세상에서 다른 모습으로 살아왔고, 그렇기 때문에 서로를 100퍼센트 이해한다는 것은 애초에 불가능하다. 하지만 '그럼에도 불구하고' 서로를 이해하려는 마음을 더 가진다면 두 사람의 관계는 갈등이 일어나기 이전보다 훨씬 성숙하게 된다.

그러나 연인 사이의 갈등을 단순히 괴로운 것으로 여기고 피하려고만 한다면 서로를 이해할 수 있는 기회조차 사라지게 된다. 나와 완전히 똑같은 생각을 하고 언제나 내가 듣고 싶은 말만 해줄 수 있는 남자, 그런 남자를 만날 것이라는 기대를 하고 있는 것이 바로 연애 공포증에 걸려 있다는 두 번째 증거다.

즐거운 연애를 하기 위해서는 일단 이 연애 공포증에서 빨리 빠져나오는 것이 중요하다. 요즘에는 남자들도 연애를 할 때 계산을 하기 때문에 연애 공포증에 걸려 있는 여자를 굳이 설득해서 힘들게 연애를 시작하고 싶어하지 않는다. "연애를 시작하는 게 무섭다고? 그럼 하지마시죠." 이게 그들의 기본 자세다.

제일 중요한 것은 남들도 힘들게 연애하고 있다는 사실을 마음속으로 인정하는 것이다. 그리고 그것이 진짜 현실적인 연애의 모습임을 마음속으로 깊이 깨닫는 것도 중요하다. 밀고 당기는 과정 없이 한 치의 갈등도 없이 연애하고 싶은 마음은 욕심이다.

남들처럼 밀고 당기는 과정이 힘겹게 느껴진다면 어떻게 진정으로 내가 원하는 사람을 내 사람으로 만들 수 있을까? 우린 어쩌면 제대로 된 사랑을 시작하기 전부터 자기 것은 하나도 잃지 않겠다고, 그렇지만 사랑은 받고 싶다고 말하고 있는 것은 아닐까? 그건 너무 유아적이고, 이기적인 생각이 아닐까? 상대방이 당신과의 연애에 그와 같은 마음을 갖고 있다면 당신은 과연 그 마음을 100퍼센트 이해할 수 있을까? 내가 가진 것들, 내가 갖고 있는 마음을 온전히 내어주는 순간부터 진짜 사랑은 시작된다.

머릿속으로 계산만 하며 다치고 싶어하지 않는 사람에게 운명은 오히려 더디게 찾아오는 법이다. 계산하고 있을 시간에 일단 누구와도 마음 열고 만나는 연습부터 해보는 것이 어떨까. 이번에는 그냥 '연습편'이라고 생각하고 조금이라도 호감이 생기는 데이트 상대를 만들어 감정을 키워나가고 갈등에 대처하는 방법을 익혀보는 것도 괜찮다. 적어도 계산만 하다가 시간을 낭비하는 것보다는 훨씬 낫다. 남자는 공포의 대상이 아니라 아끼고 사랑으로 보다듬어 주어야 하는 존재라는 것을 기억하자.

연애 공포증 자가진단법(Y, N)

1. 누가 소개팅을 해준다고 하면 애프터를 받지 못하는 상상부터 한다.
2. 길을 지나가다 커플을 마주치면 나도 모르게 움츠러든다.
3. 지금보다 훨씬 나은 여자가 되어야 연애할 수 있다고 생각하곤 한다.
4. 〈부부클리닉 사랑과 전쟁〉을 즐겨 보고, 몰입해서 보는 편이다.
5. 남자가 나에게 먼저 호감을 표시하는 것은 뭔가 꿍꿍이가 있어서라고 생각한다.
6. 남자에서 내가 싫어하는 점을 발견하는 상상을 자주 하곤 한다.
7. 거절당하는 것이 이 세상에서 가장 두려운 일이다.
8. 대체적으로 사람을 잘 못 믿는 편이다.
9. 남자와 한 달 정도 만나다가 헤어진 적이 세 번 이상 있다.
10. 실패를 하는 것보다 아예 아무 것도 하지 않는 것이 낫다고 생각한다.

★Y의 갯수가 8개~10개는 최악의 연애 공포증
★Y의 갯수가 6개~8개는 연애 공포증 중증
★Y의 갯수가 3개~5개는 연애 공포증 초기
★Y의 갯수가 1개~2개는 연애 공포증을 걱정할 필요가 없는 정상

연애, 왜 이렇게 어렵니?

'이번에는 절대, 올해에는 절대'라는 말의 함정

스물아홉이 되던 해, 엄마는 나와 함께 나선 산책길에서 갑자기 이렇게 말씀하셨다.

"벌써 우리 딸이 스물아홉이네. 이제 우리 딸도 곧 서른이 되겠네. 하지만 엄마는 너한테 빨리 결혼해라, 서른 넘기면 안 된다, 그런 말은 절대로 하지 않을 거야. 엄마는 네가 결혼을 꼭 해야 한다고도 생각하지 않아. 그게 언제가 되어도 좋으니까, 네가 평생토록 절대로 헤어지지 않을 남자를 만났다고 생각이 들 때, 그때 엄마한테 말하면 돼. 알았지?"

'우리 엄마는 참 과하게 개방적이셔.' 나는 그때 그렇게만 생각했다. 설사 한 번 결혼했다 이혼한 사람이라도 상관없으니 절대로 헤어지지 않을 남자라는 확신이 필요하다는 엄마의 이야기에 적잖이 놀랄 수밖에 없었다. 다른 친구의 엄마들은 스물아홉이 되었으니 빨리 사윗감을 데려오라고 성화라는데, 우리 엄마는 달라도 너무 달랐다. 그리고 솔직히 그땐 몰랐다. 엄마가 왜 그런 말씀을 하시는지.

스물아홉이 되거나 서른이 되거나 혹은 서른한 살쯤 되면 우리 주변의 사람들은 그렇게 이야기한다. "올해엔 꼭 시집가야지. 너도 벌써 계란이 한 판이야, 계속 그러고 있을 건 아니지?"라고 말이다. 마치 서른 살을 넘기면 영원히 제대로 된 남자를 만나지 못하기라도 할 것처럼 엄포를 놓고 겁을 준다. 사람들은 언제나 이렇게 이야기할 준비가 되어 있다. "네가 인정하고 싶지 않다고 해도 세상에는 확실한 결혼적령기라는 게 있는 거야. 남들은 다 고만고만한 나이에 시집가는데 너 혼자 독야청청 독신 생활을 즐겨보겠다고 하면 괜찮은 남자들이 너를 기다려주기나 한다던? 제값 받을 수 있을 때 얼른 시집가. 그게 남는 장사야."

취재하다 만났던 연애전문가 L도 그런 이야기를 공공연하게 하고 다니는 사람 중 한 명이었다. 여자에게 성공도 중요하지만 제 나이에 가정을 꾸리는 것 역시 여자의 성공이 아니겠냐는 것이 그의 지론이었다. 물론 그의 이야기 중에 부정할 수 없는 이야기들도 있었다. 소위 골드미스들이 원하는 배우자는 골드미스터이지만, 골드미스터가 원하는 배우자는 젊고 예쁜 여자이지 절대로 자기처럼 성공한 골드미스가 아니라는 이야기다. 현실적으로 골드미스터와 골드미스의 결합이 거의 일어나지 않는다는 것은 이미 잘 알려진 사실이었기에 그의 말이 맞는 측면도 있었다.

하지만 도저히 동의할 수 없었던 것은 '가장 예쁠 때 시집가야 한다'는 말이었다. 연애전문가라는 사람이 여자의 가치는 외모나 젊음을 통해 결정되는 것이고 나이가 들면 결혼 상대자로서의 가치가 급격히 떨어진다는 이야기를 하고 있었던 것이다. 솔직히 좀 당황스러웠다. 그래도 연애나 남녀관계에 대해 비교적 깨어 있는 축에 속한다고 믿었던 사람이었는데 그의 생각이 고작 그 정도 수준이었다니 놀라웠다.

예쁠 때 시집가는 것? 당연히 예쁘지 않을 때 시집가는 것보다 좋은 일이다. 하지만 결혼이라는 것은 한 사람의 인생을 두고 생각했을 때 정말 거대하고 중요한 사건이다. 단순히 적령기에 갔느냐 안 갔느냐, 예쁠 때 시집을 갔느냐 안 갔느냐를 판단의 기준으로 삼아도 좋을 만큼 시기가 중용한 것은 아니다. 정말 중요한 것은 결혼식 때 제값을 인정받는 것이나 결혼식 때 예쁜 모습으로 기념사진 따위를 남기는 것이 아니다. 사실 우리는 이미 이것을 알고 있다.

다른 누군가의 압력 때문이 아니라 온전히 나 자신의 선택으로 정말 내가 행복하게 살 수 있는 사람이라는 확신이 드는 사람과 결혼을 해야 한다는 것 정도는 입이 아프게 말하지 않아도 될 만큼 누구나 다 아는 사실이다. 그리고 그렇게 해야 설사 결혼 생활 이후에 갈등이나 힘든 시간이 닥쳐오더라도 다른 사람을 원망하지 않고 제 스스로의 힘으로 꿋꿋이 헤쳐나갈 수 있다.

'올해에는 꼭' '이번에는 절대'라며 마치 연애 열차의 막차를 타는 것처럼 구는 여자들이 있다. 연애할 때도 그렇지만 결혼이라는 문제를 앞두면 증상이 더 심해진다. 하지만 이런 조급증은 정말 위험하다. 최악의 사태는 예전이라면 절대 눈길조차 주지 않았을 사람과 마치 자포자기하듯 어리석은 인연을 만드는 것이다. 올해가 지나면 왠지 이런 남자조차 못 만날 것 같다는 조바심, 이번 기회를 놓치면 다음에는 더 이상한 남자가 나올 것 같다는 불안감, 이 남자보다 더 나은 남자가 왜 나를 마음에 들어하겠냐는 자포자기 심정으로 남자를 만나는 것은 너무 슬픈 일이다. 적어도 남들에게는 '늦지 않게 결혼적령기에 시집가네'라는 소리를 들을 수 있을지 몰라도(그러니까 값 떨어지기 전에 간다는 평가를 들을 수 있겠지만), 남들이 인정하면 나도 행복해지는 것처럼 우리는 우리 스스로를 속이게 된다.

우리는 남들의 시선을 지나치게 신경 쓰며 사는 경향이 있다. 하지만 행복은 지극히 주관적이며 개인적인 것이고, 내 인생에 대해 왈가왈부하는 주위 사람들 중 어느 한 사람도 정작 내 행복을 책임져주지는 않는다. 골드미스터는 골드미스한테 관심 없다고? 그러니까 골드미스가 되서 값 떨어지기 전에 어서 시집이나 가는 게 안전하다고? 아니, 골드미스라고 해서 꼭 골드미스터를 만나야 행복해진다는 공식이라도 있나? 골드 미스의 인생 목표는 '겨우' 골드미스터를 만나 행복하게 사는 것밖에 없는 것일까? 골드미스터는 젊고 예쁜 여자를 원하는 것이 당연하면서, 부와 성공을 이미 거머쥔 골드미스가 젊고 멋진 남자를 잡을 수도 있다는 생각은 왜 하지 못하는 걸까? 남의 결혼에 대해 이러쿵저러쿵 쉽게 이야기하고 감 놔라 배 놔라 하지만, 정작 내 스스로 깊이 있게 그런 문제들에 대해 몇 번이나 고민했을까? 그냥 남들이 하는 이야기가 대충 맞을 것이라 생각하고 쉽게 끌려가고 있는 것은 아닐까?

단순하게 생각해보자. 겨우 30분밖에 여유가 없는데 백화점에서 구두를 골라야 한다면 절대 후회하지 않을 최고의 아이템을 고를 수 있을까? 보이는대로 집어서 계산을 하긴 했지만 결국 나오는 길에 더 좋은 것을 발견하고 아쉬워하는 일을 종종 경험하지 않았던가? 인생의 중요한 사람을 결정한다는 것, 그것은 한철 신을 여름 구두를 고르는 일과는 비교할 수 없을 정도로 중요한 일이다. 그런데 이토록 중요한 일에 대해 우리는 가끔 우리가 만들어둔 시간 제약에 스스로를 가두는 일마저 저지르고 있다. 기억하라. 다른 사람이 뭐라고 하던 간에 나 스스로 납득할 수 있는 사람을 선택해서 행복해지는 것이 중요하다. 다른 사람의 시선을 신경 쓰고 사회가 말하는 적령기를 고려하느라 분주한 사이에 정작 내가 어떤 사람을 만나야 행복할 수 있고 내가 얼마나 멋진 여자인지 생각할 수 있는 기회가 사라져버리고 있다.

서두르지 말자. 한 살이라도 어릴 때 면사포 쓰는 것 따위는 정말 중요하지 않다. 오히려 조급증에 빠져 자신의 가치를 터무니없는 할인가로 떨어뜨리는 것이 더 문제다. 느긋하게 자신을 바라보자. 어떤 남자가 앞에 있든지 여유를 갖자. '도대체 이 여자는 나이가 꽉 찼는데도 뭐가 있기에 이렇게 자신만만하고 카리스마가 넘치는 거지?' 라고 그가 생각한다면 그래서 당신에게 긍정적인 호기심을 품는다면 당신의 전략은 오히려 성공한 셈이다.

TIP.

"올해엔 시집가야지?"라는 말을 피해가는 네 가지 테크닉

1. 아휴, 남자들이 저를 가만히 두질 않아서요, 조금만 더 골라보려고요.
2. 점쟁이가 그러는데 내후년에 시집간대요.
3. 어머, 용한 점쟁이가 그러는데 올해 만나는 남자는 말짱 황이라던데요.
4. 와, 그렇게 말씀하시는 걸 보니 결혼하셔서 정말 행복하신가 봐요. 행복의 비결이 뭐예요?

연 애, 왜 이 렇 게 어 렵 니?

연애를 잘 하고 싶다면 일단 어떤 남자를 만나야 할지에 대한
남다른 확신을 가져야 한다.
남들의 기준이 아닌 나의 행복을 보장할 조건이 무엇인지 고려할 것!

2

아무 남자나 찜하면
평생 고생한다 • 기초편
;

똑같은 연애를
반복하고 있는 것 아닐까

　　누가 봐도 정말 아니다 싶은 남자를 만나더니 헤어지고 또 비슷한 남자를 만나고 그러면서 스스로를 소모시키는 그런 연애를 반복하는 여자들이 있다. 알파걸이니 여성 상위 시대니 해서 당당하고 적극적인 여자들이 늘어나고 있는 것처럼 보이지만 자세히 들여다보면 일은 잘하면서 연애 문제는 맹탕인 헛똑똑이들이 많다.

　　내 주변에도 이런 여자가 있다. 연애가 잘 안 풀린다며 하소연하던 A는 어느날 갑자기 연락을 뚝 끊었다. 나는 '또 올 것이 왔구나'라고 생각했다. 좋은 남자를 만나는 일이 일생일대의 목표인 것처럼 말하던 그녀가 연락을 끊었다는 것은 미처 어찌해볼 새도 없이 또 헤어졌다는 의미였다. 그녀와 알고 지낸 2년 동안 이런 일이 벌써 일곱 번째다. 이쯤되면 그녀의 연애사도 꽤 험난한 편이라고 할 수 있다.

아무 남자나 찜하면 평생 고생한다

그녀가 일곱 명의 남자를 만나고도 제대로 인연을 이어나가지 못했던 이유는 사실 따로 있었다. 그녀가 만나는 남자들이 모두 다 비슷한 남자들이었다는 사실이다. 누구나 자신이 특별히 선호하는 이상형이 있겠지만 그녀의 경우는 그저 타입의 문제라고 할 수만은 없었다. 문제는 그녀가 만난 남자들이 모두 같은 단점을 가졌다는 것이었다. 일곱 명의 남자를 만났지만 사실 그녀는 한 명의 남자와 일곱 번 만났다 일곱 번 헤어진 것과 다름없었다.

　　그녀가 고른 남자들이 가진 공통적인 단점은 바로 차갑다는 것이었다. 그들은 하나같이 그녀를 제대로 존중해주지 않았다. 묘하게도 그녀는 자신을 홀대한다고 표현하는 게 적당할 것 같은 남자들만 골라서 만났다. 그 일곱 명의 남자 중 두 명은 그녀를 두고 뻔뻔스럽게 바람을 피기까지 했는데 그녀는 "사귀다보면 한 번쯤은 그럴 수도 있지"라며 납득하기 힘든 이해심까지 보여주었다.

　　그녀는 왜 하필 그렇게 차갑고 이기적인 남자들을 사랑한 걸까? 원인은 그녀의 몹쓸 모성애에 있었다. 나쁜 남자에게까지 쓸데없는 모성애를 발휘하는 여자들의 속을 들여다보면 사실은 '자신에 대한 낮은 자존감'이 자리잡고 있다. 자존심이 유난히 약하다는 뜻이다. 남이 인정해주지 않아도 내가 옳다고 믿는 것에 대한 자신감이 있어야 사회생활이든 연애든 자신 있게 해나갈 수 있는데, 이런 여자들은 자존심이 약하기 때문에 상대방이 나를 인정해주어야만 삶의 원동력을 얻을 수 있다. 사귀는 남자친구가 나쁜 남자라는 걸 이미 알고 있으면서도 그가 나로 인해 조금이라도 바뀌고 "나를 변화시켜줘서 고마워"라는 이야기를 하면 순간 자신의 사랑이 완성된다고 믿는 것이다.

A는 남자를 만날 때마다 그 믿음을 확인하고 싶어했던 것 같다. 그래서 그녀는 착한 남자들에게는 별다른 매력을 느끼지 못했다. 자신의 노력이 필요 없는 평범한 남자와 굳이 연애를 할 필요성을 못 느꼈던 것이다. 그래서 결국 그녀가 반복적으로 찾은 남자는 차라리 안 만나는 게 좋았을 법한 나쁜 남자들이었다.

그런가 하면 어떤 여자들은 특정한 스타일을 피하려고 애를 쓰다 보니 결국 또 똑같이 바보 같은 선택을 하기도 한다. 브랜드 마케터로 일하던 K가 그런 경우였다. 그녀가 만나는 남자도 마치 A가 만나는 남자들처럼 공통점이 한 가지 있었다. 바로 지나치게 보수적이고 간섭이 심한 스타일이라는 것이었다. 알고 보니 그녀는 가족 위에 늘 군림하려고 하는 아버지와 사이가 좋지 않았다고 한다.

그래서 그녀가 자신의 짝으로 원했던 사람은 자신의 아버지와 달리 자신을 자유롭게 풀어주는 스타일의 남자였다. 하지만 그녀가 바라는 대로 자유롭고 쿨한 영혼의 소유자들은 그녀의 남자가 되지 않았다. 오히려 정말로 피하고 싶었던 스타일의 남자들만 그녀의 짝이 되곤 했다. 처음에는 쿨한 스타일로 보였던 남자들이 조금만 시간이 지나면 본색을 드러내고 그녀에게 간섭하고 그녀 위에 군림하려 들었던 것이다. 그녀는 그 남자들의 숨겨진 진짜 모습을 파악할 마음의 여유가 없었던 것 같다. 그녀가 원했던 것은 딱 한 가지, 자신의 아버지와 다른 것이었기 때문에 만남 초기에 보여주는 모습에 속고 말았던 것이다. 안타까운 일이었지만 '아버지와 다른 남자면 돼' 라는 주문을 머릿속에서 지우지 않는 이상 그녀는 남자들에게 계속해서 속을 것이다.

이런 쳇바퀴 도는 연애 패턴에서 탈출하고 싶다면 연애 일기를 쓰는 것이 하나의 방법이 될 수 있다. 다이어트 일기를 기록하며 자기의 식습관과 운동량을 체크하듯 말이다. 일단은 지금까지 만났던 남자들을 목록으로 정리해보자. 만나는 동안에는 그 남자가 어떤 장점과 단점이 있는지 객관적으로 평가하기 힘들지만 이별 후에는 오히려 그의 인성이나 그와의 만남 자체를 제3자의 눈으로 평가할 수 있으니 한 번은 이 과정을 거치는 것이 좋다.

만남의 내용을 정리하는 항목에는 이것들을 추가하자. 왜 그를 좋아하게 되었는지, 그를 만나면서 가장 참기 힘들었던 점은 무엇이었는지, 그에 대해서 나의 지인들은 어떤 평가를 내렸는지, 그를 만날 때 내 감정은 주로 어떤 쪽에 가까웠는지, 구체적으로 어떤 이유로 그와 헤어졌는지 등 한눈에 들어오도록 도표로 정리해보자. 이렇게 일단 넓은 관점에서 연애 일기를 쓰고 나면 자신의 연애 스타일을 파악할 수 있다. 머릿속으로만 뱅뱅 돌던 나의 연애 패턴이 정리가 되기 때문에 마음속으로 '이건 아니야' 라고 느꼈으면서도 반복적으로 한 가지 남자 스타일을 선호했다든지, '이러면 안 돼' 라고 생각했으면서 어떤 특정한 상황이나 행동 때문에 이별을 하게 된 사실을 한눈에 파악할 수 있다. 머릿속에서 맴돌던 과거지사를 스스로 명쾌하게 정리할 수 있는 것이다.

혹시 지금 연애 중이라면 그와의 연애 일기를 매일 써보자. 데이트를 감상적으로 기록하자는 것이 아니다. 그런 건 사실 아무 짝에도 쓸모가 없다. 연애 일기에서는 보다 깊이 있는 분석을 해나갈 필요가 있다. 둘 사이의 싸움이 잦다면 구체적으로 어떤 이유로 싸우는지 대화가 어긋나게 되는 원인은 무엇인지 어떤 말을 했을 때 그가 가장 유쾌하게 반응했고 당신을 화나게 하는 그의 말은 무엇이었는지 기록해보자는 것이다.

이렇게 일기를 적다 보면 둘 사이의 역학관계도 보이고 평소에는 미처 깨닫지 못했지만 남자 앞에서 보여지는 나 자신의 나약한 모습이나 데이트 패턴 등을 알아차릴 수 있다. 그저 감정이 흐르는대로 만남을 지속하는 게 아니라 자신의 연애 패턴에 어떤 문제가 있는지 파악할 수 있게 된다는 것이다.

매번 똑같은 남자와 연애하고 있다면 그리고 그 연애로 인해 삶이 점점 힘들어지고 있다면 그건 단순히 남자를 만나는 기호나 취향 탓으로 돌릴 수만은 없다. 나의 내면에 무언가 응어리진 구석이 남아서 자꾸만 잘못된 연애로 나를 이끌고 있다는 증거일 수 있다.

물론 당신은 인정하고 싶지 않을 것이다. 그것을 인정하는 순간 내 선택이 초라했다는 것도 인정해야 하기 때문이다. 하지만 더 이상 똑같은 실패를 반복하고 싶지 않다면, 그리고 지금보다 건강한 연애를 하고 정말로 나에게 맞는 짝을 찾고 싶다면 한 번쯤 나의 연애 경력을 객관적인 시선으로 돌아볼 필요가 있다. 매일매일의 식습관과 운동량을 체크하는 다이어트 일기처럼 잘못된 연애를 하지 않기 위해서 연애 일기를 쓰는 습관을 들여보자. 내 연애의 문제점은 그 어떤 연애전문가보다 내가 더 잘 파악하고 있는 법이니까.

TIP.

한 번 만나는 것으로 충분한 Bad guy는 누구?

1. 남자는 하늘, 여자는 땅이라고 믿는 시대착오남
2. 술만 마시면 갑자기 돌변하는 알코올중독남
3. 알고 보면 여자한테 콤플렉스 있는 자아분열남
4. 여자의 돈이나 지위를 이용하려는 파렴치남
5. 여자를 만나는 목적이 오로지 섹스인 섹스중독남

애매모호한 남성관이 위험한 이유

"소개팅 좀 시켜줘, 너 아는 남자도 많잖아. 어쩜 한 번을 안 시켜주니?"

"그래, 한번 찾아볼게. 그런데 어떤 남자가 좋은데?"

"음, 사실 나는 삼성맨이 좋아. 깨끗한 화이트 셔츠에 작은 무늬가 박힌 타이를 맨 전형적인 화이트칼라 스타일 있잖아. 그런 남자로 소개해줄 수 있지?"

매력적인 외모와 커리어의 소유자인 동갑내기 D는 오랫동안 제대로 된 연애를 하지 못해 소개팅을 해달라며 노래를 불렀다. 그녀의 조건은 아주 명쾌했다. 그건 바로 삼성맨. 딱히 까다로운 조건도 없이 그저 삼성맨 스타일이면 좋고, 정말로 삼성에 다니면 금상첨화라는 것이다. 아, 삼성맨이라니. 나는 그녀가 서른 살을 넘기고도 여전히 제대로 된 연애 한 번 못한 이유를 대번에 알 수 있을 것 같았다. 그녀가 원하는 삼성맨이라는 건 사실 너무 애매모호해 아무 짝에도 쓸모없는 허상이나 마찬가지였기 때문이다.

그렇게 까다로운 조건을 갖고 있지 않은데도 자꾸만 연애에 실패하는 여자들의 문제는 바로 이런 것이다. 그냥 보기에는 남자에 대해 큰 욕심도 없고 털털해 보이지만 사실은 이렇다할 조건 자체가 마음속에 없고 일종의 허상만 갖고 있는 것이다. 그러다 보니 이 남자는 이래서 싫고, 저 남자는 저래서 싫어지게 되는 것이다. 콕 짚어 '삼성맨'을 원했던 D 역시 마찬가지였다. 그녀는 이미 삼성맨과 수차례 소개팅을 했지만 그때마다 결과는 좋지 않았다. 당연한 결과였다.

가장 큰 문제는 그녀 자신도 본인이 무엇을 원하는지 제대로 모른다는 것에 있다. 일단 그녀가 말하는 삼성맨의 이미지 안에는 너무 많은 것이 포함되어 있다. 좋은 학벌, 건강하고 남자다운 신체, 남자다움, 사려 깊음, 좋은 매너, 탄탄한 직장에서 성공을 거두는 완벽한 미래까지. 그녀는 아주 심플하게 "난 삼성맨이면 돼"라고 표현했지만 사실은 굉장히 많은 것을 미래의 남자에게 기대하고 있었던 것이다. 한편 그녀에게는 스스로에게 분명 중요한 조건인데 미처 구체적으로 생각해보지 않은 가치들이 있었을 것이다. 삼성맨이면 된다고 자기 자신에게는 일종의 세뇌를 시키면서 정말로 중요하다고 생각하는 조건들은 자신도 모르게 생각의 저편으로 보내버렸다고나 할까.

누구나 나이가 들면 나이에 맞는 생각을 해야 한다. 그런데 서른

즈음의 나이에도 이상형을 물어보면 그냥 남들이 봤을 때 괜찮은 남자라고 자신 있게 말하는 여자들이 있다. 남자에 대해 여러 가지 조건을 말하면 너무 속물 같아 보이는 게 두려워서 그럴 수도 있을 테고 어떤 남자가 좋을지 아직 제대로 생각해본 적이 없어서 그럴 수도 있을 것이다.

흥미로운 건 이런 여자들일수록 각종 연애서나 잡지에 넘쳐나는 '멋진 남자를 만나는 법' 같은 글을 열심히 본다는 것이다. 자기가 정말로 어떤 남자를 원하는지 제대로 시간을 들여 고민해본 적도 없으면서 일단 무조건 남자들 마음에 들려고만 하니 연애가 제대로 될리가 있나. 어떤 남자가 좋으냐는 질문에 도저히 현실에 있을 가능성이 없는 완벽한 조건의 남자를 구구절절 설명하는 여자나 자기만의 이상형을 정해놓고도 한두 가지 뻔한 조건만 내세우며 남자들 간만 보는 여자나 다를 게 무언가.

연애를 잘 하고 싶은가? 그렇다면 일단 어떤 남자를 만나야 할지에 대한 확신부터가 남달라야 한다. '삼성맨'이라든지 '같이 다니기에 쪽팔리지 않을 남자'라든지 하는 애매모호한 기준 말고 정말로 나의 행복을 보장해줄 수 있는 조건은 무엇인지 다시 한 번 생각해보자. 우리가 연애를 하고 싶은 건 그리고 일단 시작한 연애를 무리 없이 지속시키고 싶은 건 결국 지금보다 행복해지기 위해서다. 남들 보기에 괜찮은 남자를 만나고 싶다는 건 남들 보기에 행복해 보이는 연애를 하겠다는 것이다. '남들이 나를 봤을 때 행복해 보이는 게 제 행복의 가장 큰 조건이에요' 라고 생각하는 사람이라면 이야기가 달라지겠지만 겨우 그걸로 행복을 찾는다면 너무 슬픈 일 아닌가.

행복이란 지극히 주관적이고 사적인 것이라는 사실을 잊는 순간 우리는 우리 자신의 행복도 책임질 수 없는, 즉 자신의 행복을 남의 손에 맡겨 버리는 무책임한 존재가 된다. 연애도 마찬가지다. 연애를 통해 얻어야 하는 그리고 충분히 얻을 수 있는 행복이 있는데 내 남자의 조건을 따질 때 그저 남들 눈에 괜찮은 남자를 원한다면 일종의 행복 방관자가 되는 셈이다. 남들 눈에 어엿해 보이는 남자만 찾다가 결혼 후에 별의별 문제가 죄다 터지면서 결국 피눈물 흘리며 이혼 법정에 서는 여자들의 이야기는 이미 TV속에서 충분히 볼 만큼 보지 않았는가.

'그렇다면 당신은 어떤 남자를 만나고 싶었나요?' 라고 나에게 묻고 싶은 사람들도 있을 것 같다. 나도 한때는 남들이 말한 조건을 갖춘 남자를 원했던 적이 있었다. 하지만 한 번 크게 데이고 난 후에야 비로소 내 행복의 조건을 알아차리게 되었다. 그때는 그렇게 하면 저절로 행복이 찾아올 줄 알았고 그래서 나도 애매모호한 남성관을 갖고 있었다. 하지만 그것은 큰 실수였다. 그 남자는 남들 눈에 조금도 어엿하지도 않았을 뿐더러 내 행복을 책임져주기는 커녕 나를 불행으로 인도했으니까. 이 정도면 되겠지라는 짧은 계산과 설마 무슨 일이 있겠어라는 안일함 때문에 내 인생의 1년을 후회와 눈물로 장식했던 것이다. 한마디로 내 꾀에 내가 제대로 낚였다고 할 수 있다.

　비싸디 비싼 수업료를 치르고 난 후에야 나는 내가 누릴 행복이
란 남들 눈에 괜찮은 남자를 만나서 얻어지는 것이 아니라 전혀 다른
곳에 있다는 사실을 깨닫게 되었다. 남들이 뭐라 하든 세상의 기준이
어떠하든 내가 마음속 깊이 존경할 수 있을 만한 부분이 확실히 있어
야 한다는 것, 그리고 그와 내가 함께 대화할 때 서로 깊이 공감해야
한다는 것, 마지막으로 웃음과 눈물에 대한 코드가 서로 통해야 한다
는 것이다.

　세상 모두가 그를 무시하는 한이 있더라도 내가 무시할 수 없는
남자라면 나는 진심을 다해 그를 위하게 된다. 어렵게 만난 K가 내게
는 바로 그런 남자였다. 아무 사심 없이 그저 그 사람을 존경하고 좋
아하기 때문에 함께 있는 것 자체가 내게는 행복이 되었던 것이다.
무슨 대화를 하든 내면 깊숙한 곳에 있는 이야기까지 나누어도 거리
낌이 없고 그러니 시간이 갈수록 행복이 더해지는 것도 당연한 일이
었다. 함께 울고 웃을 수 있다는 것, 정말 '이 사람이 나의 소울메이
트구나'라는 생각은 바로 그런 때 드는 것이었다.

　진정한 행복은 내가 찾는 것임을 깨닫지 못한다면 연애는 결코
쉽지 않다. 남들 눈에만 행복한 연애만 하다가 보면 결국 자기 손에
는 아무 것도 남지 않을 것이다. 언젠가 훗날 지금 이 순간을 후회하
게 된다면 그건 너무도 시간이 아깝지 않은가. 내가 정말로 행복을
느끼는 순간이 언제였는지 되짚어보는 노력도 하지 않고 무작정 연

애를 하고싶다며 노래를 부르고 있는 건 아닌지 생각해보자. 성인이면 성인답게 어른스러운 연애관을 갖자. 어떤 남자를 선택할지는 그 누구도 아닌 오직 당신의 선택이다.

당장 개조가 필요한 당신의 문제적 남성관

1. "말하지 않아도 내 마음을 다 알아줄 남자가 필요해" (말해도 제대로 못 알아들을 때가 많은 게 남자다.)

2. "같이 다닐 때 다른 여자한테 절대 한눈 팔지 않을 남자여야 해. 정말 사랑하면 그런다고 들었어." (그건 연인에 대한 애정도를 떠나서 남자의 본능인데 본능을 거스르라는 소리?)

3. "샤이아 라보프 같은 남자면 딱 좋은데." (아, 아직도 연예인 이름을 대는 당신을 어찌하면 좋을까.)

4. "로맨틱한 이벤트를 자주 해주는 남자와 사귀고 싶어." (먹고 살기 바쁜 세상에 로맨틱한 이벤트 타령이라니, 꿈 깨세요.)

5. "처음 보는 순간 머릿속에 종소리가 울리는 남자가 어딘가에 있을 거야." (당신은 아무래도 로맨틱 영화를 너무 많이 본 것 같다.)

남자가 괜찮다는
남자 만났다가 피 본 사연

"나 아무래도 그 남자와 결혼할 것 같아."

"뭐? 만난 지 아직 100일도 안 되지 않았어? 왜 그렇게 쉽게 결혼을 결정하려고 그래?"

"결혼이 별거니? 그냥 조건 맞고 생활력 있고 나 아껴준다고 맹세하는데 그 정도면 충분하지."

"그래도 네가 결혼을 결심할 만큼 중요한 일이 있었을 것 같은데. 너 그렇게 경솔한 애 아니잖아. 말해봐. 뭐였니?"

"사실 얼마 전에 그의 남자 친구들을 만났거든. 정말 친구들이 하나같이 다 멀쩡하고 매너가 좋더라. 알고 지낸 지 거의 20년이 넘는 친구들인데 그 친구들이 다 그 남자에 대해 엄청 칭찬을 하는 거야. 남자는 특히 친구를 보면 그 사람을 알 수 있다고 하잖아. 너도

아무 남자나 찜하면 평생 고생한다

그랬고. 그 친구들을 봐서는 당장 결혼할 수 있을 것 같았어. 난 그냥, 괜찮을 것 같아."

오랫동안 연애가 제대로 풀리지 않아 마음고생을 하던 J가 갑자기 내게 결혼 이야기를 꺼낸 건 꽤나 뜻밖이었다. 절대 경솔한 친구가 아니었는데 너무 쉽게 결혼을 결정하는 것 같아서 보는 내가 다 불안할 지경이었다. 친구로서 그녀의 선택을 존중할 수밖에 없었지만 마음속 한구석의 불안함은 어쩔 수 없었다. 사실 그녀에게 "그래도 더 생각해봐"라고 말할 수 없었던 이유는 따로 있었다. 내가 누누이 강조했던 지론 중의 하나가 '남자는 자고로 친구를 보면 알 수 있다'는 것이었기 때문이다. 고로 친구가 너무 없다거나 친구를 절대로 소개하지 않으려는 남자거나 친구들이 뭔가 숨기고 있는 것처럼 보이거나 아주 매너가 꽝이거나 하는 남자를 만난다는 것은 아주 위험한 일이라고 힘주어 말해왔기 때문이다.

하지만 그녀가 사귄 지 세 달도 되지 않은 남자와 결혼을 결심한 결정적인 기준이 '그의 친구들을 보라'는 나의 충고가 될 줄은 꿈에도 상상을 못했다. 배우자를 고르는 기준에 있어 친구들의 성품을 보라는 이야기는 좋은 남자를 고르기 위한 여러 가지 조건들 중 그저 한 가지였을 뿐이기 때문이다.

그리고 마침내 내가 느꼈던 불안은 결국 현실이 되었다. 결혼한 지 겨우 3개월 만에 그녀는 이혼 서류에 도장을 찍었다. 친구들에게는 마냥 좋은 친구였을지 모르지만 알고 보니 그는 여자의 일거수일

투족을 감시하지 않으면 안 되는 중증의 의처증 환자였고 심각한 알코올중독자이기도 했다. 그의 친구들은 그의 그런 치명적인 단점들을 이미 알고 있으면서도 친구와의 우정을 위해 거짓 연기도 서슴지 않았다. 그리고 내 친구 J는 의심할 겨를도 없이 그들의 거짓말에 깜빡 속아 넘어갔던 것이었다.

남자들이 좋아하는 남자, 남자들이 인정하는 남자는 사실 액면가 그대로 놓고 보면 그렇게 나쁜 남자만은 아니다. 동성에게 인기 있는 사람은 그만큼 털털하고 믿음직하며 까다롭지 않아서 인간적으로 쉽게 다가갈 수 있는 사람이라는 의미도 될 테니까. 하지만 그가 아무리 괜찮은 남자라고 친구들이 칭찬하더라도 냉정해질 필요는 있다. 그 남자 친구들이 치켜세우는 부분들이 나 자신에게도 아주 중요한 가치인지는 별개의 문제이기 때문이다. 이를테면 동성 친구들과 함께 있을 때 호탕하고 쾌활해서 인기가 많을 수도 있지만 정작 내가 원하는 남자는 섬세하고 나의 기분을 잘 알아주는 남자일 수도 있다.

그렇기 때문에 내가 원하는 조건은 잊은 채로 '아, 남자들이 괜찮다고 하는 남자가 좋은 남자랬지'라고 생각해버리면 정작 그와 함께 있을 때 오히려 불행해질 수 있다. 남자들에게는 잘하면서 나에게는 그만큼 잘 못해줄 수 있으니 말이다. 서운해도 어쩔 수 없는 일이다. 그 사람은 원래 그런 사람이었을 뿐.

그런데 그보다 더 심각한 경우는 남자에게 인기 있는 이유가 사실 여자에게는 마이너스인 경우이다. 허우대가 아주 멀쩡해 여자들에게 인기가 많았을 뿐 아니라 워낙 친한 친구도 많았던 K가 그런 경우였다. 그에게는 동성 친구가 정말 많았고 우정도 돈독했다. 그런데 사실 그 우정은 밤을 새워 게임을 하거나 허구한 날 함께 술을 마시며 쌓은 것이었다. 우리가 상상하듯 서로의 인생에 긍정적인 영향을 끼치는 그런 친구들이 아니란 말이다.

그가 연애를 시작하면 친구들은 약속이라도 한듯 새로운 여자친구에게 그가 얼마나 괜찮은 남자이고 자기 친구를 놓치면 얼마나 손해보는 일인지 일장연설을 늘어놓곤 했다. 하지만 사실 그건 그저 자기 친구를 위한 오버스러운 립서비스였을 뿐이었다.

그의 친구들이 그를 칭찬하는 말에 혹했던 여자들이 어디 K가 만난 여자들 뿐이었을까. '남자는 친구를 보면 안다'는 말 한 마디 때문에 너무 쉽게 남자의 인성에 합격점을 주는 여자들은 지금도 여전히 많다. 말하자면 이것은 어줍잖게 군중심리에 휘말리는 것과도 비슷하다. 하지만 남자의 친구들 입장에선 그의 단점에 대해 이야기할 이유가 전혀 없다. 그들이 하는 말을 액면가 그대로 믿어서는 안 될 이유는 여기에 있다. 그들은 그저 지금까지 그들이 이어온 우정을 깨고 싶지 않았을 뿐 내가 정말 좋은 남자를 만났는지 알려줄 필요가 없는 것이다.

물론 그렇다고 정작 변변한 동성 친구 하나 없는 남자를 만나는 게 차라리 낫다는 것은 아니다. 여자에게도 인기가 있고 동성 친구들에게도 지지를 받는 남자라야 우리의 행복이 보장된다는 말을 하고 싶은 것도 아니다. 중요한 것은 그의 핵심을 보기도 전에 잘못된 정보에 휘둘리지는 말라는 것이다. 동성 친구가 많고 그들의 지지를 얻고 있다는 것은 분명 그가 좋은 사람이라는 조건이 될 수는 있다. 하지만 그런 이야기들을 절대적으로 믿는 것은 너무 위험한 일이다. 수학적으로 이야기 한다면 친구가 많고 또 그 친구들의 평이 좋다는 것은 그 사람이 괜찮은 사람이라는 결론을 내리기 위한 '필요조건' 이긴 해도 '충분조건' 까지는 안 된다는 뜻이다.

사실 남자들이 말하는 '좋은 인간성을 가진 남자' 란 우리가 생각하는 것처럼 그렇게 심오한 의미가 아니다. 우리는 그 남자의 인간성이 좋다는 이야기를 들을 때 여자에게도 정말 잘해주는 남자일 거라고 생각하기 마련이지만 사실 그런 것과는 전혀 상관없는 사람일 수도 있다. 남자와 여자의 언어가 다르다는 것을 이미 알고 있으면서도 왜 그의 동성 친구가 하는 말에 그토록 많은 의미를 두려고 하는가? 우리는 내가 만나고 있는 그 사람이 정말 나와 잘 맞는 사람인지, 내가 지금 그 사람을 똑바로 바라보고 있는 것인지, 혹시 내가 보고자 하는 것만 보고 있는 것은 아닌지 한 번쯤 생각해야 한다. 남자가 좋다고 말해주는 남자, 나쁠 것은 없지만 적어도 그 말만 믿고 마음 놓고 있지는 말자. 그 남자와 함께 시간을 보내는 것은 다른 사람이 아니라 바로 당신 자신이다.

나라면 그냥 남자가 좋다고 하는 남자보다 '여자를 좀 아는 남자' 를 고르겠다. 어떻게 말하고 어떻게 행동해야 자신이 사랑하는 여자가 행복을 느끼는지 잘 아는 남자, 여자가 싫어하는 행동은 애초에 할 생각조차 안하는 남자, 여자와 함께 시간을 보내는 것을 지루하게 생각하지 않는 그런 남자 말이다. 그렇게 여자에 대한 이해력이 좋은 남자라면 동성 친구에게도 인기가 없을 리 없다.

그의 친구들이 하는 말, 당신은 어떻게 해석하나요?

1. **이 친구, 의리 있는 녀석이에요**

   right   술값 안내고 도망가는 짓 따위는 안 해요.
   wrong   당신을 배신하는 일은 절대 없을 거예요.

2. **정말 봉 잡으신 거예요.**

   right   친구니까 이 정도 칭찬은 해줘야죠.
   wrong   얘는 정말 최고의 남자에요.

3. **정말 남자다운 녀석이죠.**

   right   다같이 술을 마시면 자주 쏘는 녀석이에요.
   wrong   당신을 늘 곁에서 지켜줄 거예요.

4. **제가 오랫동안 지켜봤으니 믿으셔도 좋아요.**

   right   저희는 아주 오랫동안 그냥 같이 놀았어요. 으하하.
   wrong   괜찮은 남자였고, 앞으로도 멋진 남자일 거예요.

결혼할 남자는
뭐니뭐니해도 경제력이라고?

    몇 달 전 내가 일하는 잡지사에서는 웨딩 특집 이슈를 만들기 위해 결혼과 관련된 이런저런 설문조사를 진행했다. 결혼 예산을 짜는 것부터 결혼적령기, 결혼할 때 남자의 어떤 면을 보는지에 대한 다양한 질문들이 쏟아졌다.

    질문들 중에서 가장 내 눈길을 끌었던 것은 '결혼할 배우자의 조건 중에 어떤 것을 중요하게 여기는가' 라는 질문이었다. 가장 많이 나온 대답은 역시나 경제력이었다. 확실히 살기가 팍팍해져서 그런지 경제적으로 불안정한 결혼은 하고 싶지 않다는 그녀들의 결의가 팍팍 느껴졌다. 하지만 정말 경제력만 갖추면 모든 게 괜찮은 걸까? 집 있고 차 있고 수입이 괜찮은 남자와 함께라면 우리가 원하던 행복이 모두 손에 쥐어지는 걸까?

아 무 남 자 나 찜 하 면 평 생 고 생 한 다

웨딩 특집 취재차 만난 L은 이런 생각의 위험성을 경고해준 사람이었다. 그녀는 내게 단호하게 말했다. "제발 돈 보고 결혼하는 게 얼마나 위험한 일인지 기사에 꼭 써주세요. 난 정말로 그 남자의 하드웨어만 보고 결혼한 셈이었거든요. 소프트웨어 정도는 갈아끼울 수 있다고 생각했죠. 하지만 함께 살아보니 정작 중요한 건 그 사람이 갖고 있던 소프트웨어가 아니었나 싶네요. 제 아무리 번듯한 집이 있고 차가 있어도, 막상 그와 할 수 있었던 건 함께 웃는 게 아니라 죽을 듯이 싸우는 일 뿐이었거든요. 세상엔 공짜 점심 같은 건 없다고 하잖아요? 난 이제 그 말이 뭔지 너무 잘 알겠어요. 그 남자 집의 재산 정도면 연봉이 적더라도 편하게 일할 수 있는 직장으로 가도 좋겠다는 계산까지 했던 건데, 함께 살다 보니까 웬걸 싱글로 살 때보다 생활이 더 쪼들리는 거예요. 그 남자 집에서 당장 재산을 줄 상황도 아니었고 사실 그의 월급도 나보다 적은 수준이었거든요. 진짜 재벌가가 아닌 이상 사람 사는 건 다 거기서 거기더라고요. 어느 순간 보니 난 부자도 아니고 행복하지도 않았죠. 하드웨어와 소프트웨어 모두 다 놓친 꼴이었어요. 아주 초라했어요. 결국 '이건 내가 원한 게 아니야' 라는 생각으로 괴로워하다 보니 우린 어느새 별거까지 하게 되었죠. 어른들 말마따나 결혼은 현실이었어요. 그냥 돈만 있으면 되는 게 아닌 '영혼의 교감' 과 '행복한 대화' 가 있어야만 행복해지는 그런 '현실' 말이에요." L은 그렇게 자신의 꾀에 자신이 빠져버리고 말았다며 경솔했던 자신을 원망했다.

어쩌면 세상에는 돈 문제만 해결되면 행복하다고 믿는 사람들도 있을지 모른다. 누구에게나 행복의 기준이란 다를 테니까. 하지만 내가 정말 그런 사람들 범주 안에 들어갈 수 있는지 한번 생각해보고 나서 '경제력 있는 남자가 최고'라고 말해도 늦지 않을 것 같다. 만나는 남자가 돈만 좀 있어도 행복할 수 있는 여자가 있는가 하면, 집이 몇 채쯤 있어도 근원적인 행복의 문제가 도저히 충족되지 않는다고 느끼는 여자들도 얼마든지 있기 때문이다. 경제가 어렵다고 지금 당장 나도 집을 가져야겠다고 집 있는 남자 아니면 안 만나겠다고 말하는 여자들 중에 당신도 포함된다면, 이런 조건 하나로 정말 충분한지 스스로에게 되묻는 시간을 꼭 가져봐야 한다.

그리고 또 한 가지 잊지 말아야 할 것이 있다. 세상에는 절대 공짜가 없다는 사실이다. 우리가 소위 경제력이 되는 남자에게 기대하는 돈이라는 것은 사실 그의 돈이 아니라 그의 부모가 가진 재산인 경우가 대부분이다. 결혼 전까지 변변히 저축도 제대로 못해두는 것이 대한민국 결혼적령기 남자들의 엄연한 현실이기 때문이다.

하지만 까놓고 말해서 그의 집안에 있는 돈이라는 것이 내 수중으로 떨어지기까지 얼마나 걸릴지는 알 수 없는 일이다. 그의 집안에 돈이 많다고 해서 매달 연금처럼 돈을 줄 시댁은 없을 것이다. 오히려 그 반대가 될 수도 있다. 확실하게 노후 대비를 해두어야 한다는 생각에 자린고비처럼 재산을 풀지 않으면서 "이 재산은 다 너희 줄 텐데 어쩜 그렇게 시댁에 소홀하니?"라며 며느리를 압박하는 수단으로 활용하는 사례도 여럿 봤다. 사실 그분들 입장에서야 그런 식으로 말하는 것이 어쩌면 당연한 일인지도 모르겠다. 돈 말고는 더 이상 내세울 것이 없으니 당신들이 한평생 모아온 재산을 쉽게 내어줄 수는 없다는 생각도 어찌 보면 당연한 일이다. 암튼 그의 집안에 있는 돈, 그것만 노리고 결혼한다면 언제 내 수중에 들어올지 모를 돈을 위해 일생을 억지로 봉사하며 살아야 할 수도 있다는 것을 명심하라. 이를테면 중간에 해약할 수도 없고 해약하면 엄청난 손해를 봐야 하는 수십 년짜리 보험에 제 발로 가입하는 꼴이랄까.

행복하게 살아가기 위해 돈은 확실히 중요한 요소다. 하지만 정말 돈만 있다고 행복해지는 것은 아니라는 것을 우리는 이미 알고 있다. 그리고 행복하게 살기 위해 꼭 엄청나게 많은 돈이 필요하지 않다는 것도 안다. 그런데도 돈만 좀 있으면 그 사람의 모든 것을 다 이해라도 할 것처럼 쉽게 결론을 내려서는 곤란하다. 함께 살다보면 결국 '그 이상'을 원하게 되는 것이 사람의 마음이다. 경제력 있는 남자라는 것은 분명 달콤한 조건이 맞긴 하지만 거기에는 대가도 함께 따라온다. 그들은 자신이 갖고 있는 돈이 여자에게 매력적인 조건이 된다는 사실을 이미 알고 있을 테고 그에 상응하는 조건을 여자에게 바랄 수도 있다. 부모가 상당한 재력가였던 탓에 서른 살에 이미 자신 명의의 빌딩이 한 채, 오피스텔이 한 채 있었던 사업가 K는 술자리에서 내게 이렇게 털어놓았다.

"요즘 여자들이 제일 좋아하는 남자가 돈 있는 남자라며? 결국 나한테 결혼하자고 달려드는 여자는 우리 집안의 돈을 보고 그런다는 거잖아. 근데 여자들, 그거 알아야 돼. 돈 있는 거 집안 부유한 거 다 좋은데, 자기 손으로 벌지 않은 돈을 쓰는 그 달콤한 맛의 이면에는 분명히 자기가 생각하지 못한 함정이 있다는 거 말야. 막말로 싸움이라도 해봐. 둘이 열심히 벌어서 마련한 집에서 싸우면 적어도 치사하게 '나가라'는 말 같은 건 듣지 않겠지. 하지만 남자 쪽에서 마련한 집이라면 그게 여자에겐 일종의 짐이 될 수 있다는 거야. '감히 우리 부모님이 사주신 집에서 살면서 나한테 이렇게 밖에 못한다는 거야?'라고 유세를 부린다는 거지. 여자는 자기가 누리는 재산을 그저 당연한 거라고 생각하지만 남자들이나 그 집안은 절대 그렇게 생각 안 해. 준 게 있으니까 다른 건 다 복종해라, 딱 이렇게 나오는 거지. 공짜가 어디 있냐, 요즘 세상에."

결혼 상대자의 조건 일순위가 경제력 있는 남자라면 K의 말을 한번쯤 새겨들어야 할 것 같다. 한 달에 한 번 월급을 제대로 받으려 해도 "남의 돈 받아먹기가 쉽지 않다"는 말을 하게 되는 세상이다. 어쨌거나 남이 벌어둔 돈을 보고 결단을 내린다면 그 여자는 이미 순수와는 거리가 먼 사람일 테니, 결혼 후에 갑자기 순수해진다는 것도 솔직히 우스운 일일 것이다.

돈 많은 남자를 만나는 것이 이 땅에서 여자가 행복해지는 수많은 방법 중 하나라면 나는 다른 방법을 하나 추천하고 싶다. 내가 돈을 많이 벌어 돈 한 푼 없어도 내가 사랑할 수 있을 만한 인격의 소유자와 오순도순 즐겁게 사는 것이다. 남의 돈 쓰면서 비굴하게 사는 것보다 내 돈을 마음껏 쓰면서 자유롭게 사는 편이 훨씬 행복하지 않을까? 돈 많은 남자의 눈에 드는 쪽보다 내가 돈 많이 버는 여자가 되는 쪽이 더 빠를 것 같다고 생각하는 게 너무 큰 욕심일까? 적어도 이런 목표를 가지고 산다면 자신에게는 떳떳할 수 있으니 그렇게 큰 부자가 되지 못한다 하더라도 썩 나쁠 것 같지는 않다. 어쨌거나 잊지 마라. 세상에 공짜는 절대 없다!

TIP.

결혼을 결정하기 전, 경제력 이외에 반드시 고려해야 하는 것

1. 의처증 유무
   함께 있을 때 다른 사람에게 연락이 오면 누구냐고 꼬치꼬치 캐묻지는 않는지?

2. 이중인격 여부
   다른 사람 앞에서와 단둘이 있을 때 태도가 너무 급변하지는 않는지?

3. 집안일 능력 유무
   맞벌이는 기본이라 말하면서 집안일은 여자 몫이라 말하는 구제불능은 아닌지?

4. 마마보이 여부
   무슨 일만 생기면 엄마한테 쪼르르 달려가는 마마보이는 아닌지?

5. 속궁합 여부
   '지금은 별로여도 결혼하면 나아지겠지' 라는 말도 안 되는 기대를 품고 있는 건 아닌지?

사랑과 집착 정도는
구별할 줄 알아야지

"남자친구랑은 요즘 어때요?"

"그냥 좀 이래저래 고민이 많아요."

"무슨 일인데요, 말해봐요."

"처음엔 나를 사랑해서 그러는 거라 생각했는데, 지내다 보니 그게 아니더라고요. 사사건건 간섭이 너무 잦고 일 때문에 늦는 건데도 이해를 안 해줘요. 한번은 시내에서 일 때문에 남자와 저녁을 먹고 있었는데 어떻게 알았는지 그 장소에 떡하니 나타나서 대뜸 누구냐고 묻는 거 있죠. 아, 당황스러워서 정말."

정식으로 사귄 지 두어 달이 지난 남자친구의 과다한 집착 때문에 괴로워하고 있던 Y는 내가 초보 기자 시절부터 알고 지낸 모 브랜드의 홍보 담당자였다. 똑 부러진 성격과 호감형 외모의 소유자였던 그녀는 커리어도 나무랄 데 없었다. 그런데 정작 오랜만에 찾아온 연애 앞에서는 갈팡질팡하고 있었다. 그녀의 애인은 늦은 시간 함께 있을 때 휴대폰 문자메시지라도 들어오면 표정이 급변하며 결국 누구한테 온 메시지였는지 확인해야 직성이 풀렸고, 그녀 몰래 휴대폰 위치추적 서비스를 신청해두기까지 했다고 한다. 그 누구에게도 간섭당하지 않는 자유로운 영혼의 소유자였던 그녀가 갑자기 이런 집착을 당하고도 묵묵히 참고 있는 이유가 궁금했다.

"그가 처음부터 그런 행동을 했던 건 아니에요. 만남 초반에 내가 야근을 할 것 같다고 하니까 차를 대기해 놓고 몇 시간이고 기다려줄 때는 그게 무섭다는 생각을 못했죠. 나를 정말 걱정하는구나 그렇게만 생각했으니까요. 그런데 그게 점점 도가 지나치게 변해가는 거예요. 난 있죠, 앞으로 무슨 일이 일어날지 그게 더 걱정이에요. 어쩌면 좋죠?"

나 역시 그런 사람을 만난 적이 있었다. 처음 만난 날 이후로 집요하게 연락을 취하고, 두 번째 만났을 때는 결혼하자고 말하던 회사원 K. 그는 마치 내 인생을 통째로 책임질 것처럼 말했다. 이제 너의 외로운 날들은 끝났다며 앞으로 더 이상은 힘들 일도 없을 거라며 확신에 차서 이야기하곤 했으니까.

하지만 그는 어느 순간부터인가 본색을 드러내기 시작했다. 나의 스케줄을 정확하게 파악하지 못하는 것에 대해 처음에는 그저 서운해하더니 나중에는 분노와 의심을 감추지 않았다. 남자친구라면 응당 여자친구의 소재를 알고 있어야 한다는 게 그의 생각이었지만 어디를 가든 보고하지 않으면 안된다는 건 점점 내 호흡을 가쁘게 만들었다. 직업상 하루에도 강남, 강북을 여러 번 오고갈 일이 많은데 그때마다 소재를 알려야 한다니. 그건 일종의 재앙과도 같았다.

그게 전부가 아니었다. 다른 매체 기자들과 함께 단체로 해외 출장을 가게 된 날, 그는 회사에 월차까지 내고 공항까지 따라가겠다고 말했다. 그는 친절한 얼굴로 '앞으로 일주일이나 못 볼 테니까' 라고 공항행의 이유를 밝혔지만 나는 동의할 수 없었다. 그의 얼굴에 비치는 그 서늘한 기운이 전해졌기 때문이다. 그는 결국 항공사 카운터에서 모인 열 명의 기자들의 얼굴을 일일이 확인하고 남자친구로서 배웅을 하러 왔음을 말하고 난 후에야 내게 작별인사를 건넸다. 그 후로 내게 쏟아지던 다른 기자들의 안쓰러운 시선이라니. 현지 시간으로 밤 10시가 되면 숙소에 들어갔는지 체크하기 위한 그의 전화가 어김없이 걸려오곤 했다. 미처 전화를 제대로 받지 못하기라도 하는 날에는 한국으로부터 오는 국제 전화가 밤이 새도록 계속되었다. 바다 건너 이역만리에서 전해지는 그의 집착은 차라리 공포영화의 한 장면이라 믿고 싶었다.

한동안 연애를 쉬었던 여자들에게는 하루에도 몇 번씩 전화하고, 퇴근 후의 스케줄을 상세히 물어보고, 내가 만나는 사람들이 어떤 사람들인지 구체적으로 질문하는 남자들이 처음에는 확실히 섬세하고 자상하게 보인다. 하지만 그가 내게 보여주는 그런 모습들이 집착인지 진정한 자상함인지는 관계 초반에 확실히 구분을 해야 한다. 연인과 함께 시간을 보내고 있지 않을 때, 그 혹은 그녀가 어디서 무엇을 하고 있는지 궁금해하는 것은 사랑에 빠진 사람들의 당연한 행동일 수 있다. 하지만 궁금함을 못 참고 반드시 시시콜콜한 사정까지 물어봐야 직성이 풀린다거나 정말로 현장에 찾아와서 확인하는 것까지 용납할 수는 없다.

그런데도 많은 여자들이 이런 무지막지한 사생활 침해를 '그저 사랑이려니' 생각하며 감내하는 이유는 딱 한 가지다. 그가 나에게 보이는 이런 행동을 거부하게 되면 그의 사랑 자체를 거부하는 것으로 여겨질까 두려워서다. 그의 집착은 못내 싫지만 그것이 그의 사랑의 방법이라고 믿고 있으니 막무가내로 거부할 수도 없는 것이다.

하지만 집착이 심한 남자와 나를 방임하는 남자 중 한 명을 고르라면 나 같으면 후자를 택하겠다. 여자를 자유방임하는 남자는, 그러니까 그녀가 주말에 그냥 '약속이 있어'라고 말해도 '그래, 알았어'라고 말하는 남자는 여자의 마음을 서운하게 할지는 몰라도 여자를 괴롭힐 일은 없다. 하지만 두 사람이 만나서 겪게 될 그 숱한 주말들 중에 그냥 '약속이 있어'라고 말하지 못하는 관계를 만들어버리는 남자는 이를테면 시한폭탄 같은 존재다. 여자의 스케줄에 필요 이상으로 집착하는 남자는 그만큼 자신과 타인의 경계가 부족한 사람이라는 증거다. 나 자신보다는 그와의 일치감, 친밀감을 중요하게 생각하는 여자들에게는 자신과 타인의 경계를 잘 구분짓지 못하는 이런 남자들의 행동이 매력적으로 느껴질 수도 있다. 하지만 이런 남자와 아주 조금만 함께 지내보면 금세 알게 된다. 그의 감정이 내가 생각했던 것과 100퍼센트 일치하지 않는다는 사실을 말이다.

집착하지 않고도 사랑할 줄 아는 남자, 스케줄 따위 제대로 알려주지 않아도 하나도 불안해하지 않을 남자, 여자가 새벽까지 술을 마실 것 같다고 이야기하면 그녀와 함께 있는 남자의 명단을 궁금해할게 아니라 모범택시 번호를 문자로 날려줄 수 있는 남자. 그런 남자를 만나라. 그런 남자는 당신이 염려하듯 당신을 덜 사랑해서 그런 행동을 하는 것이 아니다. 스케줄 체크를 꼼꼼히 한다고 해서 당신과의 관계가 완벽해지는 것은 아니라는 사실을 이미 알고 있으며, 무엇보다 자기 스스로의 매력에 대해 자신이 있기 때문에 그렇게 행동할수 있는 것이다.

생각해보라. 결혼하고도 마음만 먹으면 거짓말을 해가며 바람을 피우는 사람들이 넘쳐나는 것이 현실이다. 결혼도 안한 당신이, 마음만 먹으면 거짓 스케줄 정도를 못 대겠는가? 남녀관계란 잠정적으로 언제든 속고 속일 수 있는 관계다. 속지 않으려 노력할 수는 있을지언정 속이고자 마음먹은 상대의 진실을 100퍼센트 알아차리기란 불가능한 일이다. 그러니 결국 남녀관계의 핵심은 신뢰가 우선이라는 소리다. 나를 믿지도 못하는 남자를 사랑해야 하는 이유까지 찾아야한다면 그것도 참 고단한 일이 될 것이다. 우리에게 정말 필요한 것은 숨통을 죄어오는 스케줄 체크가 아니며, 그저 나의 일상을 있는 그대로 믿어줄 수 있는 남자라는 것을 더 많은 남자들이 알아주어야 할 텐데. 부디 당신도 그런 남자를 만나라.

TIP.

정말로 집착하지 않는 남자 VS 집착 안 하는 척하는 남자

1. 집착하지 않는 남자는 당신이 전화를 안 받으면 당신이 다시 전화를 걸 때까지 기다리지만, 집착 안 하는 척하는 남자는 최소 세 번 이상 당신에게 부재중 전화를 건다.

2. 집착하지 않는 남자는 "술 모임이 있어"라고 말하면 "너무 많이 마시지 마"라고 하지만 집착 안 하는 척하는 남자는 "재밌게 놀아, 그런데 남자도 나와?"라고 묻는다.

3. 집착하지 않는 남자는 당신이 휴대폰을 그의 집에 놓고 나와도 몰래 훔쳐보지 않지만, 집착 안 하는 척하는 남자는 당신이 휴대폰을 확인할 때 곁눈질로라도 뭔가를 알아내고 싶어 한다.

신 데 렐 라 의 유 리 구 두 는 전 략 이 었 다

남자의 직업을
봐야 하는 진짜 이유

"자긴 요즘 얼굴이 폈네. 뭐 좋은 일이라도 있는 거야?"

"나 요즘 남자 만나잖아. 완전 해피 모드야."

"그래? 정말? 어떤 남잔데? 얘기 좀 해봐!"

"얼마 전에 나 결혼정보회사 가입했잖아. 백만원 짜리는 그냥 평범한 회사원밖에 못 만난다길래 삼백만원이나 내고 노블레스 회원에 가입했다구. 남자들 프로필 죽 훑어 보다가 처음으로 찍은 게 한의사였는데 그 남자도 내가 마음에 들었는지 계속 만났으면 좋겠다고 하는 거야. 한의사라니 정말 굉장하지 않니? 게다가 시내 중심가에 자기 한의원도 갖고 있더라구. 굉장하지? 역시 돈 많이 내고 노블레스로 가입한 보람이 있는 것 같아. 한의사라니! 우훗훗! 나 이러다 한의사 사모님 소리 듣는 거니?"

아무 남자나 찜하면 평생 고생한다

H는 마치 한의사와 금세라도 결혼식장으로 들어설 것처럼 행복한 기분에 들떠 있었다. 잘 되었으면 좋겠다며 그녀에게 행운을 빌어주긴 했지만, 솔직히 나는 마음 한구석이 불편했다.

돈많은 남자면 뭐든지 OK라는 연애 시장의 물신주의를 비난하고 싶은 건 아니다. 돈만 보고 내 남자를 결정하는 것의 위험함이란 이미 앞에서 충분히 언급했으니까. 내가 H에게 아쉬움을 느꼈던 건 단순히 그녀가 돈 있는 남자를 밝혀서가 아니었다. 나를 정말로 불편하게 만들었던 건 그녀가 남자의 직업을 대하는 방식이었다. 밑도 끝도 없이 무조건 '한의사면 OK'라는 그녀의 경솔함이 마음에 걸렸던 것이다.

우리가 택하는 직업이란 그저 생활비를 충당하기 위한 수입원으로서의 의미만 갖는 게 아니다. 우리는 우리의 직업을 택하지만, 직업이 우리를 재구성하기도 한다. 무슨 의미냐. 우리는 우리가 고른 직업으로 인해 아주 다른 라이프스타일을 경험하게 되고, 이 때문에 우리 스스로도 생각하지 못했던 삶을 살아가게 되는 경우가 많다는 것이다. 하루하루 일을 하면서 변화되는 부분이 많기 때문에 한 번에 확 느끼지는 못하지만, 직업은 결국 그 사람의 정체성을 만드는 데 아주 큰 일조를 한다.

하지만 우리는 정작 남자를 고를 때는 그저 세상의 기준으로 보았을 때 어엿한 직업이기만 하면 필요 이상으로 선호하는 경향이 있다. 돈 잘 버는 직업이면 OK, '사' 자 들어가는 직업이면 무조건 OK.

앞으로 전망이 괜찮다는 유망직종이어도 또 OK. 사람들이 "그의 직업이 뭐야?"라고 물었을 때 어깨가 으쓱할 것 같으면 일단 OK라고 생각한다는 이야기다. 하지만 정작 그 직업을 가진 남자가 왜 그런 직업을 선택했고, 그 일을 하게 되면서 어떤 성격을 갖게 되었는지에 대해서는 좀처럼 고민하지 않는다.

반년이 넘는 기간 동안 내가 데이트를 했던 K는 프리랜서 포토그래퍼였다. 단순하게 생각하면 그는 그저 '사진 찍는 게 좋아서 사진 찍는 것을 업으로 삼은' 남자일 뿐이었지만, 지금 생각해보면 그의 직업은 그보다 더 많은 것을 말해주고 있었다. 그는 특히 패션 모델과의 작업을 선호하는 편이었다. 사물을 촬영하는 것보다는 화려한 패션 화보 촬영 말이다.

그토록 화려한 그녀들이 내뿜는 찰나의 아름다움을 포착해야 하는 운명을 가진 남자답게, 그는 나와 데이트하는 도중에도 끊임없이 다른 여자들과의 은밀한 만남을 가지곤 했다. 나와는 정식으로 사귀는 사이라기 보다는 일종의 데이트메이트 관계에 가깝긴 했지만, 그는 내게 일말의 미안함도 느끼지 않는 눈치였다. 포토그래퍼들은 워낙 타고난 끼가 많으니 연애 상대나 결혼 상대로는 별로라던 선배의 충고를 가볍게 여긴 게 두고두고 후회가 되는 대목이었다. 그저 숨기기만 해도 좀 나았을 텐데, 너무 쿨하게 다른 여자들과의 관계를 털어놓는 바람에 솔직히 나는 상처를 받았다. 그는 일 때문에 만난 여자들과 데이트를 하는 건, 그저 자신의 사진 작업에 더 좋은 영감을 주는 방법이라고 생각했던 거다. K만큼 쿨하지는 못했던 나는 그 꼴을 더 이상 두고볼 수 없었고 결국 그와의 데이트메이트 관계도 청산하게 됐다. 날 때부터 타고난 끼를 주체할 수 없어 포토그래퍼가 되었고, 수많은 데이트메이트를 만나며 그 끼를 발산해야만 했던 그를 비난하기보다는 그 편이 낫다고 생각했다.

끼 많던 포토그래퍼와의 추억만큼이나 나를 당황하게 만들었던 남자는 또 있었다. 소싯적 소개팅으로 만난 S모 전자의 연구원이 딱 그런 경우였다. 서로에 대한 프로필은 주선자를 통해 들었으니 특별히 더 이상 확인할 것도 없었고, 대화는 시종일관 좋은 분위기로 흘러가고 있던 차였다. 하지만 그와 내가 만난 레스토랑에 있던 잡지책 한 권이 문제의 발단이었다. 바로 내가 쓴 칼럼이 있던 잡지였던 것이다. 나는 그에게 내가 어떤 일을 하는 사람인지 말해주고 싶은 생각에 내가 쓴 글이 있는 잡지라는 걸 알려주었지만, 반응은 오히려 정반대로 나타나고 말았다.

그는 내 앞에서 내가 쓴 섹스 칼럼을 읽고 나더니 그때부터 얼굴색이 확 변해버렸다. 갑자기 확 썰렁해진 분위기 때문에 그날의 만남은 갑자기 흐지부지 끝나버렸고, 당연히 애프터는 들어오지 않았다. 나중에 주선자의 이야기를 들어보니, 내 예상이 맞았다. 그는 기자라고 해서 그냥 인터뷰 기사 정도만 쓰는 기자일 줄로 생각했는데, 얼굴이 뜨거워질 정도로 야한 기사를 쓰는 여자라는 걸 알고 적잖이 당황했다는 거다. 첫인상은 그럭저럭 나쁘지 않았지만, 야한 기사를 쓰는 여자는 왠지 꺼려져서 차마 애프터를 신청할 수 없었다는 후문이었다. 잠시 동안 나는 후회했다. '그냥 그 잡지를 보여주지 말았어야 했던 걸까?' 라고 말이다. 하지만 이내 그 생각을 접었다. 내가 쓰는 글을 인정할 수 없는 사람, 다시 말해 내가 하는 일을 받아들일 생각이 없는 사람은 나도 어쩔 수는 없다고 생각했기 때문이다. 혹시라도 그와의 관계가 깊어지고, 그 후에 그가 나의 칼럼을 보고 실망 내지는 당황함을 느낀다면, 그때는 정말로 문제가 커지는 것일 테니까. 그런데 그렇다고 해서 그를 위해 내가 나의 재능을 발휘하는 일을 그만 둘 수도 없는 노릇 아니겠는가.

나는 생각해봤다. 만약 그가 하루 종일 현미경이나 들여다보는 연구원이 아니라, 나처럼 섹스 칼럼을 매달 쓰는 패션지의 남자 기자였다면 어땠을까 라고. 적어도 내가 섹스 칼럼을 쓴다는 이유만으로 나를 부담스러운 여자라고 인식하지는 않았을 것 같았다. 나는 나와는 확실히 다른 연구원이라는 직업을 가진 남자라서 오히려 호감을 가졌는데, 그는 그저 튀지 않는 무난한 사고방식을 가진 여자가 필요했던 것이다. 그때 나는 적잖이 아쉬웠다. 그가 맘에 들었기 때문이다. 적어도 내 섹스 칼럼을 보고 당황해하는 모습을 보기 전까지는 말이다. 연구원 아저씨, 당신에게 잘 어울리는 순진무구형 처자는 잘 찾으셨나요?

남자의 직업을 들었을 때, 연봉만 생각하는 자세로는 정말 내 인생의 소울메이트를 만나기란 어렵다. 그가 왜 그 직업을 택하게 되었고, 그가 지금 그 직업을 통해서 어떤 단계까지 와 있으며, 앞으로 어떤 꿈을 가지고 노력하고 있는지 알아볼 줄 알아야 한다. 내가 도저히 도덕적으로 용납할 수 없는 직업을 갖고 있는 남자, 아무 생각없이 그 직업을 택했다며 인생의 꿈도 희망도 사실 별로 없다고 염세적으로 말하는 남자, 내가 감당할 수 없을 정도로 업무상 만난 여자들과 노닥거릴 게 뻔한 끼많은 남자. 이런 남자들은 애시당초 오래 가긴 힘든 남자들이다.

나의 직업을 감당할 준비가 되어 있지 않은 남자도 마찬가지로 요주의 대상이다. 정시 출퇴근에 주 5일 근무하는 모범생 타입의 회사원이 시도 때도 없이 야근을 하고 수시로 해외 출장을 떠나는 잡지 기자를 여자친구로 사귀면서 1년 이상 관계를 지속하는 걸 본적이 없기 때문이다.

어쩔 수 없이 야근을 해야 하고, 어쩔 수 없이 남자 포토그래퍼와 단둘이 해외 출장을 갈 수밖에 없는 업무적인 현실을 그들은 절대 이해하지 못하고 "일을 미리미리 하면 야근 안해도 되는 것 아니야?"라고 묻고, "회사에서 여자끼리 출장갈 수 있게 배려해줘야 하는 거 아니야?"라고 묻는 걸 한 두 번 본 게 아니다. 서로의 직업을 진심으로 존중해주고, 일 때문에 생기는 상황을 100퍼센트 이해해줄 수 있는 남자인지 확인할 필요가 있다는 뜻이다.

우리의 직업은 곧 우리 자신을 구성하는 큰 부분일 수밖에 없다. 처음에는 우리가 직업을 택했지만, 시간이 흐를수록 직업이 우리에게 세상을 바라보는 시각을 제공한다는 것도 기억해두어야 한다. 지금 당신이 바라보고 있는 그 남자 어떤 직업을 가진 남자인가? 그리고 그 직업은 그의 성향에 어떤 영향을 미치고 있는가? 그와 당신의 직업은 통하는 부분이 하나라도 있나? 한 번쯤 깊이 있게 생각해볼 주제 아닐까.

TIP.

그의 직업에 대해 한 번쯤 물어보면 좋을 질문들

1. 왜 이 직업을 택하게 되셨나요?
2. 힘들어서 그만두고 싶을 때는 언제에요?
3. 그렇게 힘든데 왜 그 일을 계속 하고 있는 거에요?
4. 같이 일하는 사람들은 마음에 들어요?
5. 10년 뒤에도 그 일을 하고 있으면 어떨 것 같아요?

아무 남자나 찜하면 평생 고생한다

날씬한 몸매, 오버스럽지 않은 스타일링과 메이크업,
매력적인 화법과 제스쳐는 작업의 필수 요소.
거기에 느긋한 마음을 더한다면 작업의 성공률은 한결 높아진다.

3

그 남자 시선을 제대로 빼앗고 싶다면

• 준비편

;

미안하지만,
일단 살부터 빼고
시작하시죠

"선배, 전 그냥 연애 같은 거 안 하려고요."

"어머, 나이도 아직 어린 애가 무슨 소리 하는 거야? 연애를 안 한다니."

"아무리 소개팅을 해도 소용없고요. 선배 말대로 일하다 만난 남자들한테도 이런저런 대시를 해봤는데 그때마다 반응이 최악이에요. 진짜 더 이상은 자존심 상해서 못해먹겠어요."

오래 전부터 알고 지낸 후배의 연애 포기 선언이었다. 이제는 더 실망할 것도 없다는 듯 완전히 지쳐버린 그녀의 표정을 바라보고 있으려니 머릿속에 한 가지 후회가 밀려왔다. 정작 그녀에게 필요했던 충고를, 혹여라도 그녀가 마음 상할까 두려워 건네지 못했던 것이 나의 마음을 아프게 했던 것이다.

그녀에게 정말 해주었어야 했던 말은 연애 테크닉에 대한 조언이 아니라 바로 다이어트에 대한 제안이었다. 남자를 만나서 연애를 하고 싶다면 먼저 살부터 빼야 한다는 것이다. 지금 그 상태로는 아무리 멋진 테크닉을 동원해 대시를 해도 좋은 결과를 낳을 수 없었다. 하지만 평소에도 쉽게 상처받는 그녀의 성격을 알았던 그녀의 지인들은 차마 그런 이야기를 해줄 수 없었다. 그 결과 그녀는 오동통한 몸매의 소유자로 몇 년을 지내온 것이다. 그녀도 몸매에 대한 고민이 아예 없는 것은 아니었다. 몸매를 드러내는 옷은 꿈도 꾸지 못하고 늘 "살 좀 빼야 하는데"라며 한숨을 쉬곤 했다. 다른 부분은 참 매력적인 구석이 많은 후배였는데, 남들은 잘만 시작하는 연애를 제대로 시작도 못한 이유가 고작 '살'이라는 걸 인정한다는 것이 그녀에게도 나에게도 쉽지만은 않은 일이었다.

하지만 이제는 단호하게 말해야 할 것 같다. 내가 마음에 둔 남자에게 적어도 단 번에 거절당하고 싶지 않다면 제일 중요한 것은 바로 다이어트라고 말이다.

그런데 왜 몸매가 그렇게도 중요한 걸까? 남자들은 자신에게 관심을 보이는 여자에게 기본적으로는 고마운 감정을 느낀다. 겉으로는 왕자병이라도 걸린 듯 "이 놈의 인기를 어쩌면 좋아"라고 말하면서도 자기에게 관심을 보여주면 일단 자기가 해야 할 수고를 상당 부분 덜어주었기 때문에 고맙다는 생각을 한다.

물론 이는 다행스러운 일이다. 하지만 그것으로 끝나느냐 아니면 그도 함께 호감을 보이느냐의 관문에서 여자의 외모는 거의 결정적인 영향을 미친다. 남자란 지극히 시각적인 동물이다. 우리가 남자를 고려할 때 외모, 성격, 학벌, 직업, 배경을 종합적으로 고려해 상대의 점수를 매기는 것과 달리 남자는 대부분의 경우 일단 여자의 외모만 고려해 그녀와의 관계를 계속 갈지 말지를 결정한다. 남자의 외모가 딱히 마음에 들지 않더라도 한 번 더 만나봐야겠다고 생각하는 여자들과 달리 외모가 끌리지 않으면 만날 이유가 없다고 생각하도록 프로그래밍된 것이 남자다.

외모는 옷이나 화장으로 충분히 커버가 가능하지 않냐고 물을 수도 있다. 미안하지만 아니다. 남자들의 눈이 우리들처럼 섬세하기를 바라는 것은 욕심이다. 대부분의 남자들은 패션이나 메이크업 같은 미적인 요소를 첫눈에 알아채지 못한다. 남자들이 여자를 처음 만났을 때 '예쁘다, 보통이다, 아니다'를 판단하기까지는 겨우 2초가 걸린다고 한다.또 어떤 연구결과에서는 호감이냐, 아니냐를 판단하는 데에 0.7초 정도가 걸린다고 밝히기도 했다. 이렇게 짧은 시간 안에 남자들이 우리의 패션까지, 우리의 아이섀도 색깔까지 봐주기를 기대하는 것은 무리다. 그들이 2초 만에 판별할 수 있는 건 단지 우리의 얼굴 생김새와 몸매, 그뿐이다. 얼굴이야 타고난 운명과 성형수술의 영역에 있는 것이니 논외로 두고라도 몸매는 다르다. 적어도 2초 만에 '킬' 당하지 않으려면 바람직한(남자들의 표현을 빌리자면 '착한') 몸매를 갖고 있어야 한다. 큰맘 먹고 대시했는데 그의 기억

속에 그저 '고마운 여자'로만 남는다는 건 너무 비참한 일이다.

"이 정도면 난 뚱뚱한 편은 아닌데요"라고 말하고 싶은 여자도 있을 것이다. 고도비만도 아니고 어디 가서 뚱뚱하다고 놀림 받은 적도 없는데 남자들에게 별로 주목을 받지 못한다면 다른 데 문제가 있는 것이 아닐까 생각하는 여자들이 바로 이런 경우에 속한다. 하지만 나는 몸매 문제에 대해서 만은 여자들이 조금만 덜 너그러워지는 것이 어떨까 하는 생각이 든다. 우리는 지금 단순히 여자의 몸에 대해 고민하고 있는 것이 아니다. 남자에게 매력적으로 보이는 여자의 몸에 대해 이야기하고 있는 것이다. '이 정도면 뚱뚱한 편은 아니지'라고 생각하는 여자들은 한 번쯤 대부분의 남자들도 자신의 몸매를 보고 그렇게 생각하는지 검증해볼 필요가 있다.

가혹하게 느껴지겠지만 남자는 여자의 몸매에 대해 생각보다 훨씬 엄격한 기준을 갖고 있다. 우리에겐 '통통'이 그들에겐 '뚱뚱'인 경우가 많고, 우리에겐 '스키니'가 그들에겐 '날씬'으로 인식되는 경우가 비일비재하다. 브래드 피트와 결혼하기 위해 체중 감량에 몰두했던 과거의 제니퍼 애니스턴을 떠올려보라. 다이어트를 시작했을 때 그녀가 과체중이기라도 했을까? 딱히 살이 쪘다고 할 수 없는 몸이었지만 그녀는 사랑하는 남자를 쟁취하기 위해 다이어트를 감행했다. 아마도 브래드 피트 역시 보통 체격의 여자를 뚱뚱하다고 생각하는 대다수 남자들 중 하나였겠지. 남자의 듬직한 어깨와 섹시한 복근에 열광하면서, "왜 남자때문에 살을 빼야 하나요!"라고 분노하는 것도 사실은 어불성설이다.

아직도 다이어트의 필요성을 자각하지 못한 그녀들에게 한마디 하고 싶다. 성격이 조금 나빠도 충분히 연애할 수 있다! 패션 센스 좀 뒤떨어져도 이 남자 저 남자 양다리까지 걸쳐가며 연애하는 여자들 정말 많다! 얼굴이 좀 평범하다고? 메이크업과 헤어로 충분히 멋지게 변신할 수 있다! 하지만 몸매는 답이 없다. 지금보다 덜 먹고, 더 움직여서 지금보다 더 나은 몸매의 소유자가 되는 길밖에.

만약 이 일이 당신에게 그토록 어려운 일이라면 아쉽지만 남자는 포기하라. 당신은 지금 남아도는 살과 미래의 인연을 맞바꾸고 있는 것이다. 물론 제 눈의 안경이라고는 당신의 남아도는 살들마저도 사랑스럽다 말해줄 남자가 세상 어딘가에는 있을지도 모를 일이다. 하지만 그런 남자를 만날 확률은 너무 낮다.

지긋지긋한 살들, 한 번만 독하게 마음먹고 내 몸에서 덜어내보자. 다이어트는 멋진 남자를 내 것으로 만들겠다는 각오를 실천하는 방법으로도 좋고 살을 빼고 나면 몸 자체가 한결 가벼워지기 때문에 컨디션에도 좋다. '겨우 남자 눈에 들려고 먹는 것도 마음대로 못 먹어야 하나' 라고 불평하는 마음이 든다면 '세상의 이치야. 영원히' 라고 생각해보자. 마음이 한결 가벼워질 것이다. 마침내 다이어트가 완성 단계에 이르렀을 때 당신은 지금보다 훨씬 자신감 넘치는 여자로 변해 있을 것이다.

안타깝지만 세상은 뚱뚱한 여자를 게으른 여자로 인식한다. 그리고 날씬한 여자를 매력적인 여자로 인식한다. 세상에서 인정받는다는 느낌은 자신감의 원천이 되어줄 것이다. 그리고 그 자신감이야말로 연애에 성공하는 기본 조건이 될 것이다. 이런데도 다이어트를 하지 않을 텐가? 정말?

나는 어떻게 지긋지긋한 살들로부터 해방되었나?

-나의 리얼 다이어트 도전기

고도비만까지 간 적은 없지만 덩치가 좀 크고 군살이 있다는 이유로 회사에서는 '서울 시스터즈'라는 별명까지 얻었던 나. 끊임없는 식탐에 시달려야 했던 내가 택한 방법은 바로 타하라 디톡스 다이어트였다. 2주간 발효 한약만 먹으면서 단식을 하고, 다시 2주간 무염식으로 식습관을 새로이 바로잡는 방법이 바로 타하라 디톡스 다이어트의 핵심이다. 평소 먹던 음식을 열흘 가까이 못 먹는다는 게 고통스럽긴 했지만 위장을 완전히 비우는 단식의 과정을 통해 나는 음식에 대한 욕망을 상당히 덜어낼 수 있었다.

결과적으로 나는 내 몸에서 총 4.5킬로의 순수체지방을 감량해 체지방률 23.5퍼센트의 건강한 몸이 되었고, 30인치 청바지를 입다가 26인치 스키니 바지를 입는 날씬한 여자로 변신했다. 중요한 것은 그 후 운동과 소식을 통해 6개월이 지난 지금까지 단 500그램도 찌지 않았다는 것이다.

식이요법과 운동은 다이어트의 핵심이긴 하지만 그렇게 차근차근 뺀 살마저도 요요의 위력을 당해낼 순 없었다. 뿌리 깊은 식탐이 나를 자꾸만 살찌게 만들었으니까. 결국 나는 조금은 극단적인 충격요법인 단식을 선택했고 그때 비로소 음식에 대한 불필요한 욕망을 덜어낼 수 있었다. 이제는 음식이 더 이상 두렵지 않다. 타하라 디톡스, 당신도 한번 체험해보길 강력 추천한다.

대시의 성공률을 높이는
패션 테크닉

내가 일하는 곳은 라이센스 패션 매거진을 만드는 회사다. 영화
〈악마는 프라다를 입는다〉에 나오는 직장과 같은 곳이라고 봐도 무
방하다. 그런데 그 영화 속에 등장한 에디터며 심지어는 비서들마저
도 명품에 열광하는 패션 피플로 그려진 탓에 사람들은 잡지 에디터
들은 무조건 명품 중독녀들, 혹은 매일 머리끝부터 발끝까지 화려하
게 치장하고 다니는 사람으로 착각하는 경우가 있다. 하지만 솔직히
말해 에디터들도 일반인들과 크게 다르지 않다. 에디터들도 특별한
미팅이나 외근가 있는 날이 아니고서는 특별히 화려하게 치장하고
다니는 일이 없다. 오히려 일반 직장에 다니는 여성들의 풀메이크업
이나 딱 떨어지는 오피스룩은 에디터에게 상상할 수 없는 차림이기
도 하다. 한 달에 일주일 정도 마감 기간이 닥쳐올 때면 기초 화장만

겨우 하고 집에서 입던 바지에 목 부분이 늘어난 티셔츠 차림으로 오는 에디터들이 있을 정도니까. 트렌디한 뉴스나 신제품을 가장 많이 접하지만 정작 몸으로 실천하지 않는 이유가 뭐냐고? 그건 워낙 야근이 잦고 몸을 쓰는 일이 많아서 편하게 일하려는 의도도 있지만 진짜 이유는 사무실에 남자가 없기 때문이다. 여초현상을 넘어 여탕 사무실이란 표현이 더 어울리는 잡지사의 사무실에서 훈남 기자들이 단 한 명이라도 함께 일을 했다면 쌩얼 에디터란 감히 상상할 수 없었을 거다.

조금이라도 예쁘게 꾸미려는 여자들의 마음속에는 궁극적으로 남자에게 조금이라도 예쁘게 보이려는 마음이 잠재해 있게 마련이다. 하지만 정작 어떻게 꾸며야 할지 모르는 여자들을 볼 때마다 솔직히 나는 안쓰러운 마음이 먼저 든다. 제 눈에 안경이라고 손발이 오그라드는 패션을 선보이는 여자와 그 여자의 손을 잡고 걸어가는 남자도 있긴 하지만 만약 그녀가 다르게 꾸밀 줄 알았더라면 그녀의 옆에 서 있는 남자가 바뀌었을 수도 있는 일이다.

남자의 눈을 사로잡는 패션을 완성하기 위해 가장 중요한 것은 다소 보수적으로 느껴질 정도의 단순함이다. 예쁘게 보이고 싶다는 생각에 여기저기 화려한 레이스가 잔뜩 달린 아이템을 매치한다거나 온몸을 유행하는 스타일이나 명품으로 도배하는 것, 누가 봐도 부담스러울 정도의 노출 과다 아이템을 입는 것은 대표적인 NG 스타일이다. 그런데 놀랍게도 길을 가다보면 마주치는 여자들 중 거의

20~30퍼센트는 이렇게 과한 스타일링으로 남자의 눈살을 찌푸리게 한다. 쇼핑에 돈도 많이 쓰고, 패션지도 꼼꼼히 보며 나름대로는 감각이 뛰어나다고 자부하고 있을지 모르지만 남자들의 눈에 비친 그녀들은 그저 패션 테러리스트나 다름 없는 것이다. 그녀들의 뿌리깊은 착각은 잡지 화보 속에서 튀어나온 것처럼 화려하게 꾸미면 남자들에게 매력적으로 다가갈 수 있을 거라고 생각하는 것이다. 하지만 남자들은 여자의 패션에 대해 상당히 보수적이고 단순하기 때문에 그저 잡지 속에서 튀어나온 스타일이라고 해서 호감을 갖지는 않는다. 오히려 약간 촌스럽다 싶은 옷차림을 하고 다니는 여자들이 남자들에게 호감을 얻는다. 남자들의 눈에는 오히려 그런 모습이 단아하지만 언뜻언뜻 여성스러움이 내비치는 것으로 보이기 때문이다. 이런 스타일이 유행과는 조금 거리가 있어 보이지만 오히려 남자에게는 더 어필하는 포인트가 되는 것이다. 그녀들의 패션에는 공통점이 있다. 유행 아이템은 절대 한 개 이상 하지 않는다는 것이다. 그리고 여자의 몸매를 돋보이는 아이템을 고르되 가급적 심플하고 보수적인 느낌을 고른다. 그녀들은 블링블링한 액세서리를 몇 개씩 하거나, 하체 라인을 모두 대놓고 드러내는 레깅스를 입는다든지 하는 트렌디한 스타일링은 근처에도 가지 않지만 충분히 남자들의 시선을 받는다. 복잡하게 머리 쓰지 않고도 충분히 매력적으로 보일 수 있으니 이 얼마나 간단한 방법이란 말인가.

남자들에게 확실한 매력을 어필하고 싶다면, 일단 내 몸매부터 파악해야 한다. 그래야 군살이 있거나 자신이 없는 부분은 여유있는 실루엣의 옷으로 살짝 가려주고, 자신있는 곳은 과감하게 드러내서 시선을 끌 수 있기 때문이다. 이럴 때는 객관적인 눈으로 내 보디라인을 평가해줄 친구의 도움을 받는 것도 괜찮은 방법이다. 입는 옷마다 '괜찮네~'라고 마음에도 없는 칭찬을 하는 친구는 멀리하는 게 당신의 연애 사업을 위해서 좋을 거라는 말씀이다.

나는 오랜 시간 동안 스스로를 객관적으로 바라보려는 노력을 했고, 또 동료 패션 에디터들에게 패션에 관한 많은 코치를 받은 결과 나의 몸매를 꽤 정확하게 파악할 수 있게 되었다. 나는 가슴과 종아리는 그래도 자신이 있었지만 배나 허벅지는 늘 통통했고 게다가 목이 짧다는 치명적인 단점을 갖고 있었다. 하지만 그렇다고 헐렁한 통짜 바지만 입었는가 하면 그건 아니었다. 목선이 깊이 파인 옷으로 일단 시선을 위로 끌어모은 뒤, 무릎 위까지 오는 스커트로 허벅지는 가리고 종아리는 드러내곤 했다. 쫄티를 입으면 등이나 배의 군살이 드러나기 때문에 약간 여유있는 디자인을 고르되 다양한 벨트를 해서 허리 라인을 살려주곤 했다. 167센티미터의 키에 한때는 63킬로그램까지 나갈 정도로 통통했지만 남자들은 나를 절대 그 몸무게로 보는 일이 없었다. 단순한 눈을 가진 남자들은 그저 글래머러스하다고 칭찬하기만 했을 뿐이다. 유행을 따라가지 않고 심플한 아이템으로 가릴 건 가리고 드러낼 건 드러내는 나의 스타일링 원칙이 주효했던 것이다. 누구나 자신있는 부위 한 곳쯤이 있고, 제 아무리 모델이라도 가리고 싶은 부위는 있는 법이다. 전체 의상의 강약을 조절하는 센스를 발휘하는 것을 잊지 말자.

다음으로 중요한 것은 전체적으로 노출 수위를 잘 조절하는 일이다. 여자의 노출은 남자를 유혹하는 포인트 중 하나인 것은 확실하지만, 대시를 할 때 무조건 노출의 힘에만 기대는 것은 가장 어리석은 방법이다. 남자들이란 노출에 대해 다분히 이중적이다. 길거리에서 마주치는 여자들은 벗을수록 땡큐지만 내 여자의 노출 패션은 NO라고 말하는 게 그들이다. 그러니 하룻밤을 보낼 여자에게 기대하는 노출과, 연애할 여자에게 기대하는 노출 수위도 분명 다르다. 그렇기 때문에 그와 원나잇스탠드로 끝낼 작정이라면 모를까, 선을 넘지 않는 똑똑한 노출 전략이 필요하다. 절대 잊지 말아야 할 것은 바로 '아슬아슬'의 원칙이다. 많은 여성들, 특히 몸매에 자신감을 가진 여성들이 특히 이 부분에서 실수를 많이 저지른다. 슬리브리스 티셔츠에 미니스커트, 클리비지가 드러나는 티셔츠에 핫팬츠를 매치하는 것처럼 말이다. 이래서는 절대 남자에게 '신비감'이라든가 '다시 만나도 뭔가 있을 것 같은 여자'라는 느낌을 줄 수 없다. 그저 '좀 쉬운 여자'라는 이미지만 각인시킬 뿐이다. 부정하고 싶어도, 세상이 아무리 개방적이 되었다고 해도 남자들의 생각은 여전히 전근대적이라는 걸 잊어서는 안된다. 목선이 깊이 파인 옷을 입었을 때 클리비지가 대번에 보이는 아이템보다는, 몸의 움직임에 따라 언뜻언뜻 보였다 말았다 하는 아이템이 남자들을 훨씬 설레게 만든다. 지하철 계단을 편하게 올라가지 못할 정도로 짧은 미니스커트보다는 무릎까지 오는 길이에 슬릿이 깊게 파인 옷이 그들의 눈에는 훨씬 '매력적인 여자의 스타일'로 보인다는 거다. 목선, 어깨선, 가슴 라인, S라인의 핵심인 허리 뒤쪽, 힙라인, 종아리에서 발목으로 이어지는 라인처럼 그저 드러내는 것만으로 섹시함을 풍기는 부위는 그날 입은 전체 의상을 놓고 봤을 때 적어도 한 곳이나 두 곳 정도는 드러내주는 센스가 필요하다. 이때 꼭 살을 드러내야 한다는 뜻은 아니다. 목폴라를 입고 청바지를 입었다고 해도 라인이 또렷하게 드러나는 아이템이라면 그걸로 충분하다. 그러므로 당신의 옷장 안에는 늘 몸에 타이트하게 밀착되는 아이템과 여유 있는 실루엣을 보여주는 아이템을 두루 갖추고 있어야 한다. 살을 드러낼 곳과 가릴 곳, 실루엣을 보여줄 곳과 감출 곳의 조합을 언제나 최적으로 맞추기 위해서다.

소녀처럼 보이고 싶어 여기저기 레이스와 러플이 달린 옷을 입는 것, 트렌디한 여자라는 걸 강조하고 싶어 잡지 화보 속 스타일링을 과도하게 따라하는 것, 몸매에 좀 자신이 없다는 이유로 무조건 가리기만 하는 것, 아니면 반대로 너무 과한 노출을 해서 연인이 아니라 원나잇 상대로 오해받는 것. 이것들은 모두 우리의 대시를 어렵게 만드는 잘못된 패션 원칙들이다. '아니, 남자를 위해 내가 입던 옷을 다 버려야 한단 말이야?'라고 화낼 필요는 없다. 평소에는 내가 입고 싶은대로 입다가, 그를 만나는 날만 전략적으로 옷을 입으면 그만이다. 평소엔 스키니진이나 시스루 룩을 즐기더라도 회사에 나갈 때는 단정한 펜슬스커트를 입는 것처럼 말이다. 연애도, 연애를 위한 옷차림도 결국은 모두 '전략'이라고 생각하자. 한결 마음이 가벼워질 것이다. 잠시 동안 내가 입고 싶은 옷을 포기하는 대신 지금까지 만난 남자들보다 더 멋진 남자를 만날 수 있다면, 당신의 최종 선택은 어느 쪽인가?

반드시 있어야 할 아이템 3

1. 몸에 잘 피트되는 하얀 셔츠
지적인 느낌과 섹시함을 동시에 표현할 수 있는 아이템은 그리 많지 않다.

2. 여성스러운 어깨 라인을 드러내는 오프숄더 블라우스
남자는 이런 옷을 '딱 여자옷'이라고 느낀다. 왜냐면 자기가 못입으니까.

3. 슬릿이 들어간 펜슬스커트
데이트 룩으로는 이런 아이템이 딱이다. 시선 고정은 따 놓은 당상.

꼭 없어도 되는 아이템 3

1. 점프수트
우리나라 여자들 체형에 어울리지도 않지만, 남자들은 이 옷이 일단 부담스럽단다.

2. 레깅스
편하니깐 입는 마음은 너무 이해하는데, 남자들이 생각하는 혐오스런 아이템 1순위를 놓친 적이 없다는 거!

3. 치마바지
이도 저도 아니게 헷갈리는 아이템은 남자들이 당황해하는 대표적 아이템.

그 남자 시선을 제대로 빼앗고 싶다면

메이크업,
이왕 할 거면 프로페셔널하게

하루 일을 마치고 돌아와서 화장대 앞에 앉아 메이크업을 지우고 민낯이 되는 순간이면 나는 가끔 그런 생각을 한다. '만약에 화장품이 없었다면, 항상 이 상태로 지내야 했다면, 내 인생은 얼마나 달라졌을까?' 우스갯 소리만은 아니다. 화장을 아주 진하게 하는 편이 아닌데도, 화장을 하기 전과 후가 꽤나 다른 이미지로 보여지는 탓에 가끔은 나도 거울 속의 내가 전혀 다른 사람처럼 느껴질 정도니까. 그저 화장품이 이토록 잘 갖추어진 시대에 살고 있음에 감사할 뿐이다. 그렇지만 모든 여자들이 이렇게 화장품이 잘 갖추어진 시대의 수혜를 받고 살아가고 있는 건 아니다. 차라리 메이크업을 안하느니만 못한 상태로 당당히 거리를 거니는 그녀들이 얼마나 많은지, 당장 달려가서 메이크업을 고쳐주고 싶은 생각이 드는 그녀들은 또 얼마나 많은지 셀 수가 없기 때문이다. 아무리 자기 얼굴은 자기가 제일 잘 알고 있다지만, 때로는 다른 사람의 견해를 받아들이는 것이 훨씬 나은 결과를 가져오기도 한다. 누누이 강조하지만, 남자들의 눈은 단순하면서도 아주 날카롭다.

먼저 중요한 건 남자들이 봤을 때 뜨악해할 만한 NG 메이크업을 피하는 것이다. 메이크업을 프로페셔널하게 해야 그의 앞에서 아름다워 보일 거라는 생각 때문에 어떤 여자들은 전문 메이크업 아티스트 뺨치는 메이크업을 하고 나타나기도 한다지만, 사실 그저 실수를 피하기만 해도 된다니 마음이 놓이지 않는가? 어쨌든 메이크업을 할 때 가장 조심해야 할 것은 역시 오버스러운 메이크업이다. 눈을 감을 때마다 보이는 두꺼운 아이라이너 자국, 한눈에 보기에도 자기 속눈썹이 아닌듯 무거워 보이는 속눈썹, 과장된 볼터치 같은 것은 같은 여자가 보기엔 그저 딱해 보일 뿐이지만 남자들은 '무섭다'고까지 표현하는 것들이니 절대적으로 피해야 한다. 메이크업 경험이 부족해서 오버스런 메이크업을 한 것이라 해도, 남자 입장에서는 그런 사정까지 가늠할 수 없지 않을까.

내가 혹시라도 조금 과하게 메이크업을 한 게 아닌가 걱정이 된다면 현재 한 메이크업 상태에서 마지막으로 덧바른 두 가지만 덜어내도 한결 메이크업이 가벼워진다. 립스틱과 마스카라를 덜어낸다든지, 볼터치와 립글로스를 덜어낸다든지 하는 식이다. 노메이크업이 수년 전부터 유행이긴 하지만, 남자를 만나는 자리에는 풀메이크업을 하지 않으면 안된다는 생각을 하는 경우가 참 많은 것 같다. 메이크업이 무거워지면 무거워질수록 우린 스스로가 가면을 썼다는 느낌을 갖게 되고, 이런 마음은 연애에도 안좋은 영향을 주기 쉽다는 것을 기억하자.

그럼 지금보다 매력적으로 보이는 메이크업, 어떻게 하면 좋을까? 그 어떤 색조 메이크업보다 중요한 건 피부톤과 결을 예쁘게 살리는 것이다. 남자들은 여자들이 터프한 헤어 스타일, 보이시한 옷차림을 했어도 그녀의 피부만은 딱 여자이길 기대한다. 보송보송하고, 곱고, 흰 여자 피부 말이다. 화농성 여드름이 나 있거나, 여드름 흉터가 모공을 넓혀 마치 현무암을 연상시킨다거나, 코 아래 인중에 털이나 거뭇거뭇한 것은 은근히 많은 여성들이 겪고 있는 고민들이다. 그런데 이런 증상들은 보통 남자들이 겪는 대표적 증상들이고, 그렇기 때문에 만약 이런 문제성 피부의 소유자라면 아마도 첫인상에서 피부 때문에 좋은 반응을 얻기란 힘든 일이 될 것이다. 남자 입장에선 그녀의 피부에서 여자로서의 매력이 느껴지는 게 아니라, 남자에 가깝다는 느낌을 받게 되기 때문에 그렇다.

물론 피부톤을 예쁘게 만든다는 것이 쉬운 일은 아니다. 하지만 그렇다고 불가능한 것도 아니다. 나는 대학교 때만 해도 좁쌀같은 여드름이 양볼을 덮어 고민이 이만저만이 아니었지만, 끊임없는 노력 끝에 지금은 나름 깨끗한 피부를 갖게 되었다. 일단 가장 중요한 건 세안이다. 피부에 자꾸 뭐가 나고 결이 거칠어 진다는 건 몸 안에서 만들어진 피지 같은 노폐물과 피부로 유입된 더러운 이물질들을 깨끗이 씻어내지 못했다는 뜻이다. 자극이 덜한 세안제를 찾아 꼼꼼히 이중세안을 하는 것은 물론, 잠들기 전엔 머리를 반드시 감고 베개와 이불을 늘 청결하게 관리해 자는 동안 피부가 오염되지 않도록 주의해야 한다. 한 번 나빠진 피부를 되돌리는 일이란 나이가 들수록 어렵기 때문에 피부 청결에 대해서는 결벽증 수준으로 관리해주는 습관이 정말 중요하다. 이 외에도 밤 11시부터 2시 사이는 피부 재생이 되는 시간이므로 반드시 잠자리에 들도록 하는 것, 술과 담배를 멀리하는 것, 주기적으로 땀을 흘려 노폐물을 배출하는 것 등은 고운 피부를 지키는 필수 요건들이다.

특히 술과 담배는 여자의 피부를 순식간에 망가뜨리는 주범이기 때문에 가급적 멀리하라고 말하고 싶다. 과도한 음주는 모공을 확장시키고 피부 트러블이 나게 만들며, 흡연은 피부를 건조하게 하는 일등공신이기 때문이다.

그럼 대시의 순간, 고운 피부를 더 매력적으로 돋보이게 만들어주는 메이크업은 어떻게 해야 할까? 이 준비는 전날 밤부터 시작되어야 한다. 수분 크림을 아주 듬뿍 바르고 잠자리에 든 뒤, 아침에 간단히 세안을 한다. 스킨으로 피부결을 정리한 후에는 수분 크림을 아주 약간씩만 바르고 3~5분 가량 기다려주자. 피부는 이미 지난 밤에 수분을 충분히 흡수한 상태이기 때문에 소량의 수분 공급만으로도 촉촉해지게 되는데, 이렇게 해야 선크림이나 파운데이션이 밀리거나 들뜨지 않는다. 나의 경우 스킨→에센스→선크림 겸 프라이머→파우더로 메이크업 단계를 최소화하는데, 물론 이렇게만 하면 절대 잡티가 커버되지 않는다는 걸 알고 있다. 하지만 장담하는데 남자들이 집중하는 건 피부결과 톤이지 잡티 개수가 아니다. 잡티 몇 개 가려보려고 자꾸 이것저것 바르는 게 별 의미가 없다는 것이다. 뽀샤시해 보이고 싶다는 생각에 펄 성분이 들어 있는 제품을 많이 쓰는 것도 추천하고 싶지 않다. 한국 남자들은 이유는 알 수 없지만 펄에 민감한 남자들 꽤 많다. 연예인이나 뷰티 모델들은 얼굴이 작고 윤곽이 뚜렷해 시머링 아이템을 써도 부담스럽지 않지만, 일반인은 섣불리 시도하지 않는 게 좋다. 얼굴이 환해 보이고 싶다면 얼굴 전체에 시머링 제품을 쓰는 것보다는 눈 주위에 하이라이터를 사용하기를 추천한다. 전체적으로 혈색이 굉장히 좋아 보이고, 얼굴도 작고 어려 보인다는 장점이 있기 때문이다. 선크림은 손으로 충분히 두드려 흡수시키고, 프라이머나 파운데이션은 값이 좀 나가더라도 좋은 브러시를 구입해서 발라주는 게 좋다. 같은 제품도 훨씬 꼼꼼하고 밀착력 있게 바를 수 있기 때문이다.

그에게 가장 매력적으로 보여야 하는 순간인 만큼 포인트 메이크업도 잊지 말아야 한다. 가장 공을 들여야 하는 건 역시 눈이다. 설득력이 있으면서도 섹시한 눈매를 만들어야 하는데, 나의 경우 아이라이너 펜슬과 어두운 베이지색 섀도 하나로 이것을 연출하곤 한다. 일단 베이지색 섀도를 쌍꺼풀 라인보다 좀 두껍게 깔아준 후, 색색깔의 아이라이너 펜슬로 속눈썹 사이사이를 메꿔주는 것이다. 많이 섹시해 보이고 싶다면 블랙이나 그레이, 신비로워 보이고 싶다면 퍼플이나 플럼, 세련된 인상으로 연출하고 싶다면 브라운 컬러를 사용하면 되니 간단하다. 속눈썹 사이만 얇게 연결하면 또렷한 인상이 되지만 점막까지 칠할수록, 여러번 덧칠할수록 강렬하고 섹시한 인상으로 변신한다(단 너무 덧칠해 자칫 무서워 보이지 않게 주의할 것. 스모키를 무섭다고 생각하는 남자들이 여전히 많기 때문이다).

이제 원하는만큼 덧칠했다면 좀전의 베이지색 섀도를 다시 한번 덧발라 자연스럽게 색감을 다운시켜주면 끝이다. 뷰러와 마스카라는 매력도 업을 위해 당연히 해줘야 하는 아이템이니 굳이 설명하지 않겠지만, 단 아래 속눈썹에 마스카라를 바를 때는 양조절에 실패하지 않도록 주의할 것. 잡지 화보 속에서는 아래 속눈썹을 과장되게 표현해도 예뻐 보이지만, 현실에선 자칫 꽤 부담스러워 보일 가능성이 많기 때문이다.

마지막으로 입술에는 약간의 윤기와 색감만 줄 수 있는 립글로스 하나 정도면 충분하다. 펄이 너무 많이 들어간 제품보다는 윤기를 살려주는 제품을 고를 것. 튀김 먹은 것 같은 오일리한 입술도 남자들이 부담스럽게 생각하는 모습 중 하나다. 살짝 윤기가 나면서 발그레하지만 당장 키스해도 뭔가가 많이 묻어나지는 않을 것 같은 입술 정도로 표현할 것. 아, 볼터치는 왜 생략하냐고? 정말 좋은 브러시와 본인의 피부 톤에 딱 맞는 제품을 프로페셔널한 손길로 바르지 않는 이상, 볼터치는 늘 안하느니만 못한 '볼빨간' 수준에서 끝나 버리고 말기 때문이다. 당신이 자신있다고 생각하는 딱 그 부분까지만, 과하지도 모자라지도 않게 표현하는 것이 매력적인 메이크업의 핵심이라는 것 잊지 마시길.

피부관리, 내가 완전 효과 봤던 완소 제품 리스트

1. **SK-II의 페이셜 트리트먼트 에센스**
   요즘 임수정 에센스로 불리는 그 유명한 에센스. 푸석하고 윤기가 없어 고민이었는데 정말 이 에센스 한 병을 다 쓰기도 전에 피부가 윤기를 되찾았다. 술마신 다음날 눈 밑에 붉게 올라오던 반점도 이 에센스를 쓰고나서는 더 이상 올라오지 않았을 정도.

2. **아쿠아 쥬쥬의 수분 크림**
   후배의 추천으로 구입해서 쓰게 된 무향료, 무색소 수분크림. 올리브영 같은 잡화점에서 구입가능한데, 잠자기 전에 듬뿍 바르고 아침에 일어나면 거의 다른 사람 피부가 되어 있다. 수분감 최고!

3. **랑콤의 제니피끄 에센스**
   젊은 피부에만 존재하는 특정 단백질을 활성화시켜주어 지금보다 어려보이는 피부로 만들어 주는 신통방통한 유전자 활성 에센스. 7일만에 부드럽고 균일한 피부결로 바꿔준다는 말을 몸소 체험할 수 있었다. 피부 속부터 어려지는 느낌을 체험해보고 싶다면 강추!

보디랭귀지와 눈빛,
관리가 필요하다

"자기는 확실히 미인은 아니야. 그런데 뭔가 묘하고 꽤 퇴폐적인 매력이 있어."

독설과 직언으로 유명한 어느 방송인과 공적인 미팅 자리에서 만난 자리에서 그는 대뜸 밑도 끝도 없이 처음 만난 내게 이렇게 말했다. 초면임에도 불구하고 거침없는 그의 언사가 당황스러운 것은 사실이었지만 솔직히 기분이 나쁘진 않았다. 퇴폐적이라는 말이 약간 난감하긴 했지만, 처음 만난 남자에게 매력이 있다는 말을 들었으니 그걸로 됐다고 생각했다. 덕분에 우리는 그날 '무엇이 여자에게 퇴폐적인 미를 갖게 만드는가' 에 대해 한참이나 대화를 나누었다.

도대체 어떤 행동을 했기에 대낮부터 퇴폐미를 주제로 대화를 나누게 되는 사태까지 만들게 된 거냐고 묻는다면 '난 그저 아무 일도 하지 않았어요'라고 말해야 할 것 같다. 정말이지 나는 그날 아무것도 하지 않았다. 그저 조용히 내 자리를 지키고 있었던 게 전부다. 언젠가 한 번 용하다는 점성술사에게 내 생년월일을 토대로 별점을 보았더니 '가만히 있어도 남자들이 꼬이는 별의 기운을 타고 났다'고 해서 화들짝 놀랐던 적이 있었다. 그가 말하던 퇴폐미라는 게 혹시 내가 갖고 태어난 별 때문은 아닌지 생각했지만 여전히 수수께끼다.

그저 가만히 있어도 남자의 시선을 잡아 끄는 여자들이 있다. 모델 뺨치는 팔등신 글래머도 아니고, 연예인 뺨치는 조각 같은 얼굴과는 거리가 멀지만 이상하게도 남자들이 한 번만 만나면 꼭 한 번쯤 들이대고 싶게 만드는 여자들 말이다. 이렇게 말하면 왠지 자화자찬 같아 어색한 감은 있지만, 언제부터인가 나도 그런 여자들 중 한 명이 된 것 같다. 그 방송인이 말했듯 난 분명 미인도 아니고, 그렇다고 누가 봐도 여성스러운 매력이 넘치는 타입도 아니다. 그런데 몇 년 전부터인가 일과 관련해서 남자를 만나면 며칠 지나지 않아 사적인 관심을 표현하는 남자들이 생기기 시작했다. 일주일에 세 명의 남자가 동시에 데이트 신청을 하는가 하면 "처음 본 순간부터 자고 싶었다"고 대담한 고백을 건네던 남자도 있었다. 그렇게 소개팅을 해도 안 풀리던 남자운이 갑자기 확 트이기라도 한 걸까.

대체 무엇이 별로 예쁘지도 않은 나를 갑자기 '대시하고 싶은 그녀'로 만든 것일까? 그날 저녁 친하게 지내던 동료에게 오후에 있었던 일을 전했더니 그는 이렇게 대꾸했다. "넌 아무 일도 안했다고 생각하는데, 알고 보면 너도 모르게 메시지를 보내고 있었던 거야. 생각해봐, 그를 처음 봤을 때 너의 눈빛이나 행동 같은 것들 말이야. 그냥 여자 친구를 만날 때와는 달랐을 걸?"

그의 말에 나도 곰곰이 생각해봤다. 사실 어떤 사람이든 동성을 만날 때와 이성을 만날 때 태도는 달라지게 마련이라고만 생각했는데, 나의 경우 특히 이성을 만날 때의 태도가 거의 본능적으로 드라마틱하게 바뀐다는 생각이 들었다. 갑자기 코맹맹이 소리를 하고 애교를 부리는 기초적인 수준이 아니라, 눈빛부터 작은 행동 하나까지 모두를 관장하는 몸과 마음의 채널이 통째로 바뀐다고 표현하면 적절한 표현일까. 동성을 만날 때는 나의 인간적인 매력을 어필하는 쪽으로 집중하지만, 매력적인 이성을 만날 때는 나도 모르게 은근히 '이 사람이 나를 좋아하고 다시 보고 싶게 만들어야겠다'는 전투적인 자세가 되는 것 같다.

자, 그럼 어떻게 하면 그 남자의 시선을 내게 붙잡아놓는 시간을 길게 만들 수 있을까? 남자는 지극히 시각적인 자극에 민감한 존재들이기 때문에 외모를 매력적으로 가꾸는 것이 얼마나 중요한지에 대해서는 이미 강조했다. 그 다음은 성격이라고 생각하는 사람들도 있을 텐데, 그 전에 눈빛과 제스처 등 보디랭귀지의 중요성을 절대 빼놓고 가서는 안될 것 같다. 한번 냉정하게 생각해보자. 당신이 찍은 그 남자에게 성격 좋은 여자로 어필하기까지 얼마의 시간이 걸릴 것 같은가? 그 시간에 벌써 당신이 찍은 그 남자는 다른 여자의 매력에 넘어갔을지도 모를 일인데 말이다. 그러니 매력적인 성격의 소유자라고 해도 일단은 그를 다시 한 번 시각적으로 유혹할 작전을 세워야 한다는 결론이 나오는 것이다. 비주얼을 이용한 유혹의 마지막 단계인 셈이다.

그럼 이 마지막 단계를 성공하려면 구체적으로 어떤 테크닉들이 필요한 걸까? 내가 무심코 실행했지만 결과적으로 너무도 잘 먹혔던 숨은 전략은 이를테면 이런 것들이다. 일단 눈빛으로 말할 줄 알아야 한다. 여기에는 약간의 상상력이 필요하다. 그에게 말을 할 때, 내가 가장 좋아하는 음식을 떠올리며 그 남자가 곧 그 음식인 양 바라보는 것이다. 나는 관심 있는 남자와 이야기할 때마다 살짝 데운 브라우니 케이크를 떠올리곤 했다. 음식에 별 흥미가 없는 사람이라면 좋아하는 스타가 됐건, 명품 가방이 됐건 아무튼 본인을 들뜨게 하는 뭔가를 떠올리면 된다. 그렇게 하면 아무리 연기력이 없는 사람이라도 눈에 생기가 돌고 입꼬리가 올라간다. 침만 흘리지 않았다 뿐이지 당신의 빛나는 눈동자를 통해 '나는 당신을 갖고 싶어요'라는 메시지가 은밀하게 상대에게 전달되는 것이다. 하지만 계속해서 이 눈빛만 쏘아 대면 그는 부담감에 뒷걸음칠지도 모르니 다른 눈빛도 가끔씩 사용해줘야 한다. 그를 지그시 바라보다가 그와 눈이 마주치면 수줍은 듯 약간 눈을 내리까는 것이다. 이는 감수성이 예민하거나 다소 소극적인 남자들이 특히 반하는 눈빛이기도 하다. 두 가지 눈빛을 교대로 쐈주면 어지간한 남자들은 맥을 못출 것이고, 여자를 좀 아는 남자라면 '오호, 이 여자 좀 보게' 라고 할 것이다.

단순히 눈빛으로 표현하기보다 그에게 좀 더 분위기 있게 다가가고 싶은가? 지금까지 많은 연애전문가들은 그의 곁에 다가가서 가벼운 스킨십을 통해 심리적 거리를 좁히라고 조언해왔다. 하지만 그와의 심리적 거리가 충분히 좁혀지지 않은 상태에서 괜히 그의 옆에 찰싹 붙어 떨어지지 않으려 한다거나, 그의 신체를 터치하는 것은 자칫 반감을 부를 수도 있다. 한국 남자들의 뿌리 깊은 보수성 때문에 자칫 '다른 남자 몸도 이렇게 만지는 것 아니야?' 라는 의구심을 불러일으킬 수 있기 때문이다. 하지만 더 좋은 방법이 있다. 그것은 바로 그의 몸이 아니라 자신의 몸을 살짝살짝 터치해주는 것이다. 그와 자연스러운 대화를 나누는 도중에 입술, 머리카락, 목덜미, 쇄골, 팔, 허벅지 등 여자의 성감대라고 알려져 있는 섹시한 부위들을 은근히 터치해주는 것이다. 너무 대놓고 만지는 것보다는 그가 알아챌듯 말듯한 수위와 횟수를 조절하는 것이 관건이다. 메뉴를 고를 때 입술을 만지작거린다거나, 그의 말에 집중하는 척하면서 양쪽 팔을 팔짱끼듯 쓰다듬는 행동은 그를 조금씩 달아오르게 만들 것이다. 특히 술자리에서 하면 더 효과만점이니 실행에 옮겨 보시길.

물론 이런저런 보디랭귀지 테크닉을 실행에 옮기는 것도 중요하지만, 남자들에게 묘한 분위기와 매력이 있는 여자로 기억되는 게 관건이라고 생각하는 사람도 있을 것이다. 이때 역시 가장 필요한 것은 강력하고 확실한 마인드콘트롤 테크닉이다.

정말 갖고 싶은 남자를 만났을 때, 나는 지극히 사무적이고 딱딱한 이야기를 하면서도 그와 한 침대에서 뒹구는 퇴폐적인 상상을 하곤 했다. 뭔가 마음에 꿍꿍이가 있으면 아무리 숨기려고 해도 상대에게는 그 묘한 감정이 모두 전해지는 법이다. 나의 뇌 속에서 일어나는 섹시하고 비밀스러운 상상들이 나는 분명 내 앞에 있던 그들에게도 전해졌을 거라고 생각한다. 텔레파시라는 게 결국 이런 것 아닐까라는 생각도 들고 말이다. 이런 상상까지 하는 건 좀 무리라는 생각이 든다고? 그렇다 해도 방법은 있다. 그와 대화를 나누는 이 순간에 당신이 하나씩 옷을 벗어서 마침내 실오라기 하나 걸치지 않은 올누드 상태를 향해 가고 있다고 생각하는 거다. 섹시한 상상은 섹시한 당신을 만드는 법, 이런 상상을 하면서 대화를 나누다보면 당신이 무의식적으로 그에게 보여주게 되는 보디랭귀지는 점점 섹시해질 수밖에 없다. 의식적으로 이런 제스처를 해야지, 이렇게 몸을 틀어야지라고 작심을 하는 것보다는 섹시한 상상력 하나의 힘을 빌어 몸이 이끄는대로 자연스럽게 흐름을 타는 것이 훨씬 효과가 좋다. 어설픈 제스처를 외워서 보여주다가는 오히려 그에게 수를 모두 읽힐 수 있으므로 주의하자는 말이다.

호감을 표현하기 위해서 오버스러운 웃음소리나 과장된 제스처, 틀에 박힌 스킨십 같은 것이 꼭 필요한 것은 아니다. 오히려 그런 행동들은 당신에게 호감을 가졌던 남자들에게 부담으로 다가갈 수 있는 위험한 보디랭귀지가 될 수도 있다. 그의 반응을 조심스럽게 관찰하면서, 당신만의 섹시한 모습으로 그를 감질나게 만들어보자. 두려움을 버리고 과감하게 나를 보여주는 순간, 그는 온전히 당신의 포로가 될 것이다.

TIP.

누구나 해볼 수 있는 쉬운 러브 제스처 3

1. **머리카락을 묶거나 갑자기 푼다.**
   머리카락은 그 자체로 섹슈얼한 곳이다. 그의 앞에서 머리를 섹시하게 묶거나 갑자기 확 풀어주는 행동은 굉장히 도발적으로 보일 것이다. 머리를 풀 때 은은한 샴푸 향이 난다면? 아아~ 금상첨화.

2. **몸을 적당히 기울인다.**
   꼿꼿하게 각잡고 앉아 있는 건 면접 자세지, 데이트 자세는 아니다. 약간 긴장이 풀어진 듯한 자세가 오히려 남자에게는 매력적으로 보인다. 앞으로건 옆으로건 약간 몸을 기울여주자. 너무 심하게는 말고 한 15도쯤?

3. **다른 곳을 보다가 갑자기 '싱긋' 웃어준다.**
   여자의 눈웃음을 그냥 지나칠 수 있는 남자는 몇 안된다. 하지만 그렇다고 하염없이 웃고만 있을 수는 없는 일. 대화 도중에 잠시 말이 끊겼다면 잠시 다른 곳에 시선을 두었다가 그와 눈이 마주치는 순간 '싱긋' 하고 눈웃음을 지어주면 된다. 그는 잠시 아찔한 기분을 느낄지도.

그 남자 시선을 제대로 빼앗고 싶다면

두고두고 생각나는
여자로 만드는 매력 화법

"그 여자랑 아직도 잘 만나고 있는 거예요? 처음에 예쁘다고 좋아했잖아요."

"아니요, 안 만난 지 좀 됐어요."

"왜? 뭐가 안 맞았나봐요?"

"예쁜 건 좋았어요. 그런데 네 번쯤 만났는데 할 얘기가 없는 거예요. 대화도 계속 겉돌고 무슨 이야기를 해야 하나 머리를 짜내면서 데이트를 하는 나 자신을 발견했죠. 피곤한 거죠. 그러면서 좀 시들해지고 일 때문에 스트레스도 많이 받는데 데이트 하면서까지 스트레스 받기는 싫더라고요. 그래서 그냥 그만 만나자고 했어요."

레스토랑 취재 중에 알게 된 L은 유학파 오너 쉐프였다. 훈남인데다 매너도 좋아서 이런저런 만남 제의가 끊이지 않고 들어오는 남자였다. 여자 보는 눈이 보통 까다로운 편이 아니었지만 주변에서 만나보라는 제의도 많았고 그도 마다하지 않았기에 그의 주말 밤은 새로운 여자들과의 스케줄로 늘 '꽉 찬' 상태였다. 그런데 보통 한 번 만나봐서 딱히 끌리는 구석이 없으면 다시 애프터를 신청하지 않을 정도로 까다로운 그가 네 번이나 만난 여자와 '그만 만나기로 했다'는 것은 그녀에게 그만큼 치명적인 단점이 있었다는 의미기도 했다.

그녀의 치명적인 단점이란 결국 그와 대화가 제대로 되지 않는다는 것이었다. 외모나 분위기까지는 다 좋았는데 대화를 나누다 그만 지금껏 쌓아온 매력을 스스로 반감시켜버리고 만 것이다. 어쩌면 그녀는 자신의 뛰어난 외모를 너무 믿었던 탓에 남자 앞에서 어떻게 말해야 할지에 대해 아무런 생각이 없었을지도 모른다. 어쩌면 지금도 왜 L이 그만 만나자고 했는지 이유를 몰라 끙끙 앓고 있을지도 모를 일이고.

안타깝게도 참 많은 여자들이 남자 앞에서 어떻게 말해야 할지 몰라 좋은 남자를 놓치는 경우가 많다. 남자들이란 지극히 시각적인 존재이긴 하지만 외적인 부분에서 '나쁘지 않다'라는 생각이 들면 그 다음은 그녀와의 즐거운 대화를 기대한다. 적어도 단둘이서 두 번 이상 만날 정도의 관계가 되었다면 그때부터는 둘의 관계를 발전시키는 데 외적인 조건은 그다지 막강한 영향력을 발휘하지 못하게 된다고 보아도 좋다.

이 사실을 미처 깨닫지 못하면 열심히 예쁘게 꾸며서 데이트 장소에 나갔다 해도 그와 즐거운 대화를 나누기가 어려워지고 상대에게 호감을 느끼고 있다는 메시지를 전달하는 것도 힘들어진다. 대시는 커녕 의미 있는 대화 자체가 어려워진다. 자신의 감정을 나타내는 데 소극적인 데다 여자를 만나도 간보기만 좋아하는 약은 남자들이 늘어나고 있는 요즘에는 더욱 그렇다.

데이트를 마치고 돌아가서도 그의 머릿속에 두고두고 생각나는 여자가 되고 싶은가? 일단 그에게 호기심을 불러일으키는 여자가 되자. 이는 다 벗은 누드보다 중요 부위를 살짝 가리고 있는 세미누드가 남자들에게 더 어필하는 이유와 비슷하다. 남자들은 자기가 다 파악했다고 생각하는 존재에게는 더 이상 매력을 느끼지 못하는 존재들이니까.

예를 들어 그가 "주말엔 주로 뭐하세요?"라고 물었다고 가정해보자. 영화를 본다든가 친구들을 만난다든가 하는 뻔하고 재미없는 대답은 50점짜리, 피곤해서 계속 잠만 잔다거나 딱히 하는 일이 없다고 무기력하게 대답하는 건 30점짜리다. 그리고 대부분의 여자들이 이 두 가지 답 중 하나를 대답하고도 자신을 좋게 봐주기를 기대한다. 실제로는 주말마다 밀린 잠을 보충하느라 낮잠만 이틀 내리 잔다고 해도 남자에게 두고두고 생각나는 여자가 되려면 이런 질문에 기본적인 대비는 되어 있어야 한다.

예를 들어 악기를 배운다거나 봉사활동을 한다거나 하는 특별한 스케줄에 대해 이야기해 대화를 이끌어나가는 것도 좋은 방법이다.

그렇지만 그에게 호기심을 불러일으키고 싶다면 모든 정보를 오픈하는 것보다 "그건 다음에 만나면 얘기해 드릴게요"라고 한발 뒤로 물러서는 테크닉도 필요하다. 이번 주말 스케줄을 묻는 남자의 질문에 자질구레한 내용까지 시시콜콜 공개하는 것이 아니라 "만날 사람들이 좀 있어서 주중보다 더 바쁜 주말이 될 것 같네요. 재미있는 사람들인데 나중에 같이 볼 수 있으면 좋겠어요. 그럼 ○○씨는 주말에 뭐하세요?" 정도로 대답하며 자연스럽게 남자에게 답할 기회를 주는 것도 좋다. 남자로서는 '이 여자가 어떤 사람들을 만나는 걸까? 좀 인기가 많은가. 나중에 다시 보자니 나한테 관심이 있는가 보네?'라는 생각까지 할 수 있게 된다. 그야말로 일타양피다.

매력적인 화법에서 두 번째로 중요한 것은 최대한 밝고 긍정적인 면모를 부각시키는 것이다. 과중한 업무 속에서 스트레스 받는 남자들은 더 이상 까다롭거나 우울한 여자를 달래면서까지 만나려고 하지 않는다. 여자에게 수퍼맨 같은 남자가 되어주기보다는 반대로 자기에게 힘을 주고, 웃음을 줄 수 있는 여자를 찾는 남자들이 훨씬 많아지고 있다.

그런데 내가 먼저 대시하고 내가 먼저 호감을 보여야 하는 입장이라면 더욱 우울한 분위기나 사연 있어 보이는 여자로 어필해서는 안 된다. 그로 하여금 '그녀와 함께 있으면 앞으로 정말 즐겁겠구나'라는 생각이 들 수 있게 이미지 관리를 해야 한다. 회사에서 스트레스 받은 일을 이야기하면서 미간에 주름을 짓는다든가 몸이 안 좋아서 병원에 간 이야기를 하는 행동들은 시간이 오래 지나 아주 편안한 관계가 되었을 때 해도 절대 늦지 않다. 그 남자에게 진솔한 모습을 보여주겠다는 의욕이 넘쳐 굳이 하지 말아도 될 말을 꺼내 분위기가 머쓱해지게 만드는 것은 반드시 피해야 한다. 기분 좋은 주제만 골라 긍정적인 마인드로 대화를 이어가는 것이 중요하다. 이 원칙만 잊지 않아도 당신의 매력은 충분히 올라갈 것이다.

그리고 또 한 가지 잊지 말아야 할 것! 바로 그에게 즐겁게 말할 기회를 주는 것이다. 그와의 대화에서 매력적인 여자가 되기 위해서 꼭 달변가가 될 필요는 없다. 그와 대화를 할 때 모든 것을 일목요연하고 깔끔하게 대답하려는 욕심은 버리자. 내 경우 내가 잘 아는 대화 주제가 나왔다고 해도 절대 먼저 신나서 떠들지 않는다. 대화가 신나야 하는 것은 내가 아니라 그이기 때문이다. 그 주제에 대해서 관심이 있다는 것 정도만 어필한 뒤 남자가 자신이 아는 내용을 신이 나서 이야기하면서 나와의 대화를 즐겁다고 느낄 수 있게 만드는 것이 핵심이다. 남자든 여자든 일단 자기가 많이 말할 수 있게 만들어주는 이성에게 호감을 느끼게 되어 있다. 이미 뻔히 아는 이야기를 하고 있다고 해서 "그 얘긴 이미 알고 있는데요"라고 말한다면 상대방은 얼마나 머쓱해질까?

말 몇 마디와 대화할 때의 습관으로 내가 찜한 남자의 마음을 얻을 수 있다면 노력하지 않을 이유는 없다. 그가 하는 말을 잘 들어주고 적절하게 반응하고 약간의 신비감을 조장해 매력녀로 거듭날 수 있으니 말이다. 커뮤니케이션의 원칙이란 결국 '내가 받고 싶은 대로 해주는 것'이라는 사실을 기억하자. 새침하게 앉아 있거나 무작정 청순하고 말이 없는 여자가 인기 있던 시대는 지났다. 이제 당신도 적절한 적극성과 계산된 신비주의 콘셉트를 적절히 응용해서 복합적인 매력의 소유자로 거듭나는 일을 할 차례다. 말 한 마디면 천냥 빚도 갚는다는 속담은 이제 말 한마디면 미남을 건진다는 속담으로 바뀔 때가 되었다.

호감도를 높이는 대화의 속도

1. 대화의 속도는 평소보다 10퍼센트 정도 느리게 할 것. 친구들하고 수다 떠는 것처럼 빠른 속도로 말한다면 남자는 당신을 '피곤한 여자'로 인식하게 될 확률이 높다.

2. 그가 뭔가를 물었을 때 곧바로 대답해야 한다는 생각을 버릴 것. 약간 뜸을 두었다 대답하는 여자를 남자들은 '신중한 여자'라고 생각한다.

3. 반대로 그가 자기 자신에 대해 이야기하고 있을 때는 가급적 재빠르게 반응을 보일 것. 남자들은 "그래서요?" "정말요?" "그 다음엔 어떻게 됐는데요?"라고 묻는 여자를 '센스 있고 상냥한 여자'로 느낀다.

그 남자 시선을 제대로 빼앗고 싶다면

느긋하고 여유롭게, 즐기면서 작업하라

"여자들은 똑똑한 척은 혼자 다 하면서 의외로 맹한 부분이 있는 것 같아."

모 매체의 마케터로 일하고 있는 D, 내가 일하는 잡지사에서 '섹시가이 20인'에 뽑히면서 친구로 지내게 된 그가 어느 날 차를 마시다 뜬금없이 이렇게 말했다.

"왜? 맹한 여자랑 끝나기라도 한 거야?"

"아니 시작도 안 했다고 말하고 싶어. 난 딱 세 번 데이트한 것뿐인데 하도 여기저기 나랑 사귀고 다닌다고 말을 해서 얼마나 곤란했는지 몰라. 여자들은 도대체 왜 그래? 난 아직 그냥 일종의 테스트 중인데 도장을 쾅 박으려고 하고. 그런 거 진짜 별로야."

"당신이 너무 좋았던 모양이지. 여자들은 세 번 정도면 간 보는 기간은 끝났다고 생각하거든. 아, 불쌍한 그녀!"

딱 보기에도 섹시한 훈남 스타일이었던 D는 이전에도 비슷한 일을 겪은 적이 있다고 했다. 아직은 단지 서로를 알아가는 기간이라고 생각했는데 갑자기 친구들을 소개시켜주고 싶다고 해서 난감했다거나 만난 지 일주일 만에 결혼 이야기를 꺼내기에 뒤도 안 돌아보고 줄행랑을 쳤다거나 하는 사건들이었다. 하필이면 성격 급한 여자들이 그에게 걸렸던 건지 아니면 그의 매력이 너무 강해서 여자들이 하나같이 정신을 못 차렸던 건지는 알 수 없지만 적어도 그에게 너무 성급하게 굴었던 여자들이 오히려 그를 놓치고 말았던 것만은 확실하다.

결혼적령기가 점점 늦춰지고 있다고는 하지만 스물일곱, 여덟이 넘은 나이에 연애를 하고 있지 않으면 주위 사람들부터 국수는 언제 먹게 되냐며 은근한 압박을 받는 것이 대한민국 여자들의 엄연한 현실이다. 그렇다보니 괜찮은 남자를 빨리 잡지 않으면 주위의 남자들이 모두 씨가 말라버릴 것 같은 공포에 시달리는 것도 어찌 보면 당연한 일이다.

하지만 연애의 성공률을 높이고 싶다면 가장 경계해야 할 것이 바로 이렇게 조급해지는 것이다. 아무리 살을 빼고 멋진 패션과 완벽한 메이크업, 세련된 화술과 매력적인 제스처를 갖췄다고 해도 남자 앞에서 '난 빨리 이 지긋지긋한 솔로 상태를 벗어나고 싶어서 미칠 지경이에요' 라는 뉘앙스를 드러내는 순간 이 모든 준비가 허사가 될 수도 있다. 왜냐하면 남자들은 아무리 매력적인 여자를 만나서 끌렸다고 하더라도 그 여자가 연애를 못해 안달 난 여자라고 느끼는 순간 총점을 사정없이 깎아내리는 뇌구조를 지녔기 때문이다.

그리고 그들이 총점을 사정없이 깎아내리는 이유는 '연애 못해 안달 난 여자＝다른 남자도 선택하지 않았던 비인기녀'라는 인식에 있다. 남자들은 유전적으로 사냥 본능을 갖고 태어난다는 사실을 잊지 말자. 어떤 남자든 남들이 갖고 싶어 하는 것을 힘들게 경쟁해야 비로소 쟁취할 수 있는 것에 대한 열망이 뇌 속에 프로그래밍 되어 있다. 그러니 아무리 그 남자가 마음에 든다고 해도 조급하게 보이거나 인기가 없어 보이는 것은 피해야 한다.

또한 멋진 몸매와 뛰어난 화술로 그를 유혹함과 동시에 '당신뿐만 아니라 다른 남자에게도 은근히 인기 있는 여자'라는 사실을 어필해야 한다. 그러니 이번 주말에 아무 할 일도 없다는 것, 변변한 연애를 못한 지 벌써 3년째라는 것 같은 정보는 절대로 흘리지 않도록 주의하자. 내 경우 내가 관심 있는 남자와 함께 있을 때 오는 전화는 절대로 그의 앞에서 받지 않았다. 일단 아주 반가운 얼굴로 '어머, 안녕하세요'라고 전화를 받은 뒤 다른 곳에 가서 통화를 끝내고 오면 남자는 '누구지? 다른 남자인가?'라는 묘한 질투심에 빠지게 될 거라는 계산이 있었기 때문이다.

남자들이 연애 못해 안달 난 조급녀를 부담스러워하는 이유는 한 가지 더 있다. 아직 이 여자와 어떻게 될지 전혀 가늠할 수 없는데 자칫 이렇게 내 연애사가 종료되어 버리는 것이 아닐까 하는 두려움 때문이다. 여자들은 '이 남자와 결혼하면 어떨까' 같은 상상의 나래를 펴며 연애를 시작하곤 하지만 남자들은 그렇지 않다. 바로 눈앞에 있는 현실만 보려 하고 미래의 일은 생각하지 않으려는 경향이 있다. 그러니 여자의 조급한 마음이 느껴지기라도 한다면 그들은 지레 겁을 먹고 달아나버린다.

남자들이 소위 '간을 본다' 라고 표현하는 말이 바로 이런 부분이다. 아직은 그녀와의 아주 가까운 미래도 상상하기가 좀 난감하지만 일단 만나는 것이 나쁘지 않으니 시간을 두고 결정하고 싶어하는 것이다. 훈남 마케터 D를 만나던 그녀는 바로 이 점을 망각했던 게 아닐까. 하루라도 빨리 그와 연인 관계라는 것을 확실히 하고 싶어서 여기저기에 커플이 되었다고 알리고 다녔지만 D는 조금 느긋하게 상황을 지켜보고 싶었을 뿐이다. 그렇게 하지만 않았어도 그녀가 D의 마음을 얻었을지 모를 일이다.

물론 대시하는 입장에서 느긋하게 마음 먹는다는 것이 결코 쉬운 일은 아니다. 그러다 남들이 말하는 '노처녀'가 될 지도 모른다는 뿌리 깊은 불안도 고개를 들 테니까. 하지만 조급하게 군다고 해서 내가 원하는 그 남자가 더 빨리 내 남자가 되는 건 절대 아니다. 오히려 '당신이 나처럼 괜찮은 여자를 알아보지 못할 정도로 여자 보는 눈이 부족하다면 나도 당신 같은 남자를 선택하지는 않겠어, 세상의 반은 남자야' 라는 강한 마음을 가져야 한다. 지금 당장 솔로라고 해서 그게 무슨 대단한 잘못도 아니지 않은가? 그의 마음을 빨리 잡지 않아도 세상이 어떻게 되는 것은 아님을 잊지 말자.

그런 의미에서 썩 마음에 드는 남자가 작업 선상에 올라왔다고 하더라도 모든 안테나가 그 남자를 향하지 않도록 자기 생활을 잘 조절하는 것이 중요하다. 그게 힘들다면 적어도 이성 친구나 데이트 메이트, 혹은 아예 다른 작업 상대를 한 명 정도 더 만드는 것도 나쁘지 않다. 일종의 서브 아이템을 비치해두고 마음을 편하게 먹자는 것이다.

마음에 드는 남자에게 작업하는 것 자체를 즐길 줄 아는 것도 중요하다. 이미 이 책을 읽고 있는 당신이라면 적어도 작업은 남자들만의 전유물이란 생각은 하지 않을테니 더 이상 긴 설명은 하지 않겠다. 단, 관심 있는 남자에게 먼저 작업을 시작하는 여자들 중에는 이미 작업을 하고 있으면서도 '내가 여자인데 먼저 작업해서 그가 싫어하는 것은 아닐까, 작업은 그래도 남자가 먼저 해야 하는데' 라는 일종의 작업 공포증을 마음속에서 떨쳐내지 못하는 경우가 많다. 하지만 여자가 작업한다는 이유만으로 싫어하는 남자라면 당신 역시 굳이 애정과 노력을 들여 작업할 필요가 없다. 자신의 선택에 대해 확신을 갖지 못한다면 그 작업은 일단 패스하는 게 낫다.

누가 시켜서 하는 일이 아닌 이상 일단은 즐기는 것이 제일 중요하다. 작업이 성공으로 끝나든 실패로 끝나든 이 한 번의 작업이 당신의 연애사에 무슨 큰 영향을 끼치지는 않을 것이다. 오히려 연애

내공은 더욱 깊어질 것이고, 정말로 나에게 어떤 남자가 잘 맞고 그 래서 어떤 남자와 함께 있어야 내 삶이 더욱 행복해질 수 있는지에 대해 더 잘 배울 수 있는 기회가 될 것이다. 느긋해지자. 매력 있는데 조급한 여자가 아니라 매력 있는데 느긋한 여자가 되는 것, 그것이야 말로 작업 성공률을 높이는 최고의 방법이다.

TIP.

당신이 지금 조급하게 굴고 있다는 증거 5
1. 서점에 가면 연애서적 코너는 잊지 않고 들린다.
2. 타로나 신점을 보러 가면 늘 애정운에만 집중한다.
3. 결혼정보회사에 두 곳 이상 가입했다.
4. 지하철이나 버스에 타서도 괜찮은 남자부터 두리번거린다.
5. 사귀다 헤어진 남자한테 '연락해볼까' 라고 고민한다.

이제 실전에 돌입할 차례다.
무작정 당신의 마음을 알아 달라고 부담을 주는 것은 NG.
그가 원하는 코드를 철저히 분석하고 가끔은 교란 작전도 펼친다면
그는 천천히 당신의 포로가 될 것.

4

언제까지 기다릴 텐가? 과감하게 대시하라 · 실전편 ;

그가 OK라고
답할 수밖에 없는
고백법

"여자들은 정말 이상해."

출중한 외모와 타고난 기럭지 때문에 함께 일하는 잡지 에디터들 사이에서 인기가 많은 포토그래퍼 H는 어느날 갑자기 내게 이렇게 말했다. 나는 그가 말을 꺼내자마자 무슨 말을 하려는지 대번에 알아챌 수 있었다. 수없이 대시를 받던 그였으니 아마 이번에도 자신에게 대시한 여자에 대해 한마디 늘어놓으려는 참이었다. 나는 짐짓코 그의 말을 들어보기로 했다.

"일 때문에 한 세 번쯤 만난 에디터였어. 알게 된 지는 1년 정도 됐나? 그런데 어느날 다음 작업 시안 상의를 하러 왔는데, 저녁에 별일 없으면 술을 한잔 사달라는 거야. 그래서 간단하게 맥주나 한잔하려고 같이 나갔어. 그런데 이 여자가 술을 먹으면서 갑자기 자기가 사귀자고 하면 어떨 것 같냐는 거야. 그래서 그냥 난 웃으면서 생각 해보겠다고 말했어. 난 아무 생각이 없었는데 그 자리에서 뭔가를 대 답한다는 게 말이 안 되잖아. 와, 그런데 그 다음부터가 진짜 더 황당 한 거야. 그때부터는 나를 어떻게든 설득을 해야겠다 생각했는지 자 기가 나를 언제부터 어떻게 좋아했는지에 대해서 거의 일장연설을 늘어놓기 시작하는 거야. 나와 만나서 있었던 진짜 사소한 일들까지 모두 기억하고 얘기하는데 갑자기 뒤통수가 서늘해지더라고. 순간 말이라도 한마디 잘못 꺼냈다가는 큰일 나겠다 싶었어. 아니, 그렇게 자기 감정만 얘기해서 뭘 어쩌자는 거야. 자기 감정이 그렇게 대단하 니까 내가 당연히 자기랑 사귀기라도 해야 한다는 뜻인가? 여자들은 왜 그래?"

사실 H가 황당해하는 것은 전혀 무리가 아니었다. 사적으로 그 녀에게 관심이 없었던 그로서는 그녀의 대시에 그만하면 세련되게 대응한 것이기도 했고 말이다. 하지만 그를 정말 뜨악하게 만들었던 건 일방적으로 자기 감정이 얼마나 대단한 것인지에 대해 늘어놓는 그녀의 태도였다. 이런 경우는 주로 연애 경험이 부족하거나, 혼자서 짝사랑을 너무 오랫동안 했던 경우에 나타난다. 자기 마음을 어떻게 든 제대로 표현해야 한다는 생각에 상대방이 부담을 느끼건 말건 일 방적인 의사소통만을 하게 되는 것이다.

하지만 불행하게도 남자는 그런 그녀가 원하는 대로 움직여주지 않는다. 오히려 뒷걸음질만 치게 된다. '이렇게 처음부터 부담을 팍

팍 주는 여자라면 실제로 사귄다고 해도 너무 무서울 것 같아'라는 상상을 하게 될 테니 말이다. '내가 너를 얼마나 생각하는데'라는 식으로 감정에 호소하는 설득은 여자끼리의 관계에서는 오히려 잘 먹힐지 모르지만 대시를 받아들이는 남자에게 잘 먹힐 방법은 절대 아니다. 남자 입장에서는 그녀의 감정을 어떻게 받아들여야 할지에 대한 고민으로도 속마음이 복잡한데 이러다 꽉 잡혀버리는 건 아닌가 하는 공포까지 밀려오게 된다. 이러니 결과가 좋을 수 없다.

대시에 성공하고 싶은가? 그렇다면 일단 자기 감정이 얼마나 대단한 것인지를 알려야겠다는 생각부터 버려라. 상대방에게 부담만 주는 대시가 성공할 수 있다고 믿는다면 그건 혼자만의 착각이다. 대신 완전히 다른 모드를 선택해야 한다. 가장 중요한 것은 대시를 받는 입장인 그가 그 만남의 상황 자체를 부담스럽게 느끼지 않도록 만드는 것이다. 당신은 그에게 '나 너에게 반했다'라는 메시지를 확실히 주고 싶겠지만 부담을 주는 것만은 피해야 한다. 그러기 위해서는 일종의 치고 빠지는 기술이 필요하다. 그가 일순간 부담을 느꼈다 하더라도 '어?' 하고 다시 당신에게 다가올 수 있도록 말이다.

그럼 치고 빠지는 기술은 구체적으로 어떤 것이 있을까? 관건은 그에게 대시를 하는 자리에서 어떤 식으로 대화를 이끌어가느냐에 달려 있다. 하지만 대화를 자기가 원하는 대로 이끌어가는 게 그렇게 만만한 일은 아니다. 아직 당신은 그에 대해서 잘 아는 것도 아니지 않는가.

언제까지 기다릴 텐가? 과감하게 대시하라

그렇지만 한 가지만 명심한다면 적어도 그에게는 의미 있는 존재, 그리고 유쾌한 여자로 기억될 수 있다. 이는 대시를 성공으로 이끄는 가장 중요한 포인트가 된다. 그 원칙은 바로 '그를 인터뷰하는 매력적인 기자가 되라' 는 것이다. 말하자면 '러브 인터뷰' 를 하라는 뜻이다.

여자의 대시를 받은 남자는 기본적으로 한발 물러서서 소극적인 태도를 보이는 경향이 있다. 자신은 이미 아쉬울 것이 없는 입장이기 때문에 여자가 어떤 식으로 대화를 전개해나가는지 일종의 방관자적인 입장에서 상황을 지켜보는 것이다. 그러니 당신은 그에게서 최대한 많은 정보를 이끌어내고 또 그가 자신에 대해 최대한 많은 이야기를 스스로 꺼내놓을 수 있도록 하는 인터뷰어가 되어야 한다.

그러기 위해서는 우선 질문이 필요하다. 그에 대해서 알고 싶었던 것들을 질문하는 것도 좋고, 그 남자의 연애관이나 혹은 나에 대한 느낌을 가볍게 물어보는 것도 좋다. "패션 감각이 탁월하신 것 같아요. 쇼핑은 주로 어디서 해요? 나중에 저도 함께 가요"라는 식으로 그에 대한 관심과 친밀함의 표현, 칭찬, 다음 데이트 제안 등을 한꺼번에 하는 것이다. 이 정도라면 그도 가볍게 받아들일 수 있는 수준이다.

이때 유쾌하고 자신감 있게 물어야 한다는 것을 명심하자. 얼굴에 미소를 띤 채 칭찬 섞인 질문을 하는 여자를 거부할 수 있는 남자는 이 세상에 그렇게 많지 않다. '이런 말을 했다가 거절당하면 어쩌지'라는 겁먹은 표정으로 물어보면 오히려 남자는 은근히 여자를 깔보게 된다. 떨지 말고 자존심도 굽히지 말고 당차고 멋지게 그를 인터뷰해야 한다. 그에게서 최대한 진심어린 멘트를 이끌어내겠다는 각오를 하라.

러브 인터뷰의 두 번째 기술은 바로 '공감'이다. 당신은 그의 마음을 어떻게든 얻어내야 하는 절대적 숙명을 갖고 있는 상태다. 그가 당신의 질문을 듣고 자신에 대한 이야기를 꺼내기 시작했다면 그때부터는 진심으로 공감하고 적절한 동조로 둘 사이의 끈끈한 그 무엇을 만들어야 한다. 만일 그가 예전 애인과의 안 좋은 기억 때문에 이제 연애는 별로 관심이 없다고 얘기한다면? 그가 말하는 이유가 아무리 이해할 수 없다고 해도 일단은 그에게 충분히 이해한다는 메시지를 주어야 한다. 설득을 하더라도 진심어린 동조를 한 다음에 해야 한다. 막무가내로 조른다거나 자기 입장만 내세운다면 당신에 대한 호감지수는 뚝 떨어진다.

마지막 기술이 가장 쉽다. 바로 '웃음'이다. 인터뷰어는 기본적으로 상대편에게 유쾌한 분위기에서 대화를 이끌어가야 한다. 대시를 한다는 것은 어쩌면 상대방에게 '아쉬운 소리'를 해야 하고 상대방의 답변을 떨리는 마음으로 기다려야 한다는 것을 포함하는 지도 모른다. 하지만 그렇다고 해서 너무 긴장하거나 굳은 표정으로 그의 처분만을 기다리는 듯한 모습을 보일 필요는 없다. 당신은 사랑을 구걸하는 게 아니니까.

스스로의 감정에 충실하고 자기 감정을 솔직하게 표현할 줄 안다는 것은 분명 멋진 일이다. 이렇게 용감하게 누군가에게 자기 감정을 고백할 수 있는 자신에게 자신감을 갖자. 은은한 미소와 함께 자기의 감정을 표현할 줄 아는 매력녀의 대시를 거부할 남자는 세상에 그리 많지 않다는 것을 기억하자. 그러니 확신을 갖고 즐겁게 대시하자!

TIP.

당신이 진심으로 공감하고 있다는 것을 자연스럽게 드러내는 법

1. 그가 자기 취향에 대해서 이야기한다면 일단 그 안목에 대한 칭찬을 아끼지 않는다. 그리고 좀 더 자세한 것들을 물어보며 호기심을 드러낸다.

2. 그가 자기 단점에 대해서 털어놓는다면 "완벽해보이는 당신에게도 이런 점이 있었네요, 그런데 그런 점이 더 끌리는데요"라며 끝까지 그에 대한 애정어린 멘트를 아끼지 않는다.

3. 그가 자화자찬을 하기 시작했다면 "바로 그 점 때문에 내가 그쪽을 좋아하기 시작했다니깐요"라고 그의 자화자찬에 기분좋게 묻어간다.

팜므 파탈과 청순녀 사이에서 그를 교란시켜라

"오늘 시간 있어? 나 좀 도와줘"

일요일 오전, 대학 동창 친구 A에게서 갑자기 전화가 걸려 왔다. 서른 살이 넘은 이후로는 거의 매주말 부모님에게 들어온 선과 결혼 정보회사를 통해 들어온 매칭을 소화하느라 친구들과도 관계도 소원해졌던 그녀였다. 그나마 나는 그녀에게 연애에 관한 전문가라고 인정받은 탓에 그녀가 이런 식으로 SOS를 칠 때면 이런저런 연애 상담을 하며 한 달에 한 번 정도라도 그녀를 만날 수 있었다. 그런데 그녀의 전화 목소리는 그 어느 때보다도 다급하게 들렸다. "오늘은 누굴 만나는데 이렇게 호들갑이야?"

그녀는 지금까지 만나온 남자 중에 제일 좋은 조건의 남자라며 이미 반쯤 넘어간 상태였다. 서울대를 졸업하고 국내 최고의 회계 법인에 들어간 그는 조건만으로 따진다면야 그녀가 만나온 남자들 수준에서 딱히 새로울 것도 없었지만 이번엔 뭔가 달랐다. 일단 그녀보다 키가 컸고(그녀는 172센티미터였기에 웬만한 남자들은 힐을 신은 그녀 앞에서 어쩔 줄 몰라 하곤 했었다) 대머리도 아니었으며 그녀가 그렇게 혐오했던 볼록 배의 주인공도 아니었으니까. 그녀는 그토록 원하던 완소남과의 대면을 앞두고 내게 어쩌면 마지막일지도 모를 SOS를 친 것이다.

"내가 지금 제일 궁금한 건 그거야. 이 남자한테 한방에 어필하려면 어떤 식으로 콘셉트를 잡아야 할 것 같니? 섹시하게? 아니면 청순하게? 이 남자 사진으로 봤을 때는 패션 감각이 남다른 편에 속하는 거 같은데 어떻게 입고 나가야 멋지게 보일지 진짜 감이 안 잡혀."
그녀의 말은 사실이었다. 아주 오래전부터 자기 스타일을 너무 잘 알고 있었던 것 같은 옷차림에 세련된 마스크를 가진 그의 사진을 보고 나니 그녀가 흥분한 것이 충분히 이해될 지경이었다.

하지만 나는 그녀에게 특정한 옷을 입으라고 코치하지 않았다. 섹시한 옷? 청순한 옷? 그녀는 그 두 가지 선택 앞에서 갈등했지만 중요한 것은 어떤 옷을 입는가의 문제가 아니라고 생각했기 때문이다. 생각해보라. 자기가 멋지다는 걸 이미 잘 알고 있는 훈남 회계사인데다 자기 스타일에 그렇게 꼼꼼할 수 있는 센스를 갖춘 완벽남이 여자가 섹시한 옷을 입었다고 해서 섹시한 여자로, 청순한 느낌의 옷을 입었다고 해서 청순한 여자로 인식하는 단순한 판단력의 소유자겠는가. 게다가 내 친구는 평소에 딱히 섹시하거나 청순한 느낌의 옷을 입는 편도 아니었다. 미니멀한 모노톤의 의상만 줄기차게 입던 그녀에게 갑자기 색다른 스타일의 옷을 입게 한다는 것 자체가 무리수처럼 느껴졌다. 그래서 난 그녀를 붙들고 이렇게 말했다.

"애, 무슨 옷을 입는지가 중요한 게 아니야. 물론 사람이란 자기가 입은 옷에 따라 분위기나 자세가 변하기는 하지만 지금 당장 중요한 건 그게 아니라고. 오늘 쇼핑은 하지 마. 대신 네가 원래 좋아하는 깔끔하고 세련된 옷을 입어. 중요한 건 네가 그 남자 앞에서 어떤 여자의 모습이 되는가라는 걸 잊지 마. 어차피 그 남자는 옷 뒤에 있는 너를 꿰뚫어 볼 수 있을 거야." 결국 나는 함께 쇼핑을 해주는 대신 그녀에게 몇 가지 행동 테크닉을 전수해주었다.

"첫 번째, 그 남자는 절대로 처음부터 너한테 호감을 드러내지 않을 거야. 한쪽 발은 이쪽에, 다른 한쪽 발은 저쪽에 딛고 있다는 느낌이 들지도 몰라. 너를 테스트하려는 것 같은 느낌이 드는 순간이 분명 있을 거야. 그럴 땐 그를 은근히 성적으로 유혹하는 듯한 멘트가 먹힐 가능성이 높아. 남자들은 그런 자리에서 지금까지 이린 식으로 남자들 많이 만나셨냐고 약간 냉소적인 질문을 하는 경우가 있어. 그럴 땐 바보같이 그렇다, 아니다로 대답하면 정말 썰렁해지거든. '시간될 때면 좀 만나보긴 했는데, ○○씨를 보니까 그동안 어떤 남자들을 만났는지 기억도 안 나는데요'라고 약간 띄워주면서 '처음 만난 순간, 뭐랄까 아찔했어요'라고 대답해주는 것도 괜찮을 것 같

아. 그는 궁금해 하겠지, 왜 '아찔' 했냐고. 그땐 알듯 모를 듯한 미소를 흘리면서 '다음에 그런 게 또 느껴지면 그때 말해줄게요' 라고 말하는 거야. 만약에 그와 한잔 하고 있는 와중에 이런 이야기가 오간다면 분위기는 갑자기 확 달아오를 거야. 섹시한 여자 콘셉트로 나간다는 게, 말하다가 갑자기 옷의 어깨 부분을 내리면서 입술을 내민다고 되는 게 아니라고. 뭔가 알듯 모를 듯한 이야기를 하는데 그 내용이 이상하게 성적인 코드로 들린다면 그거야말로 진짜 섹시하게 보인다는 걸 잊지 마."

그런 내 충고는 청순함에 대한 주제로 넘어갔다. "그렇다고 모든 대화에 저런 식으로 성적인 코드를 집어넣을 수는 없잖아. 너무 끈적하면 남자들은 겁을 먹고 달아나버리는 법이거든. 기본적으로는 밝고 건전한 여자라는 인상으로 밀고 나갈 필요도 있어. 남자들이 '청순하다' 고 표현하는 게 바로 그런 부분이거든. 만약에 그 남자가 주말에 주로 뭘 하면서 시간을 보내냐고 묻는다면 은근히 청순미를 드러내야 해. '요즘은 더 늦기 전에 효도를 해야겠다는 생각에 부모님 모시고 공연장을 자주 간다' 든가 '전부터 일본 요리를 배워보고 싶었는데 한 달 전부터 배우고 있다, 언제 한번 요리 솜씨 보여드리겠다' 는 식의 전략적인 답변이 필요한 거야. 생각해봐. 좀 전엔 뇌쇄적인 눈빛으로 아찔하니 어쩌니 하던 여자가 갑자기 요리 강습 얘기를 꺼내는 순간의 그 묘한 분위기를 말이야. 그쯤 되면 남자는 이 여자가 어떤 여자인지 갈피를 잡기 힘들다고 생각할 거야. 바로 그 순간 남자의 머릿속에서는 '이 여자를 더 알고 싶다' 는 사인이 뜨게 되지. 그쯤 되면 우리가 목표한 바는 다 이룬 거나 마찬가지야. 별다른 변수가 없는 이상 그는 너의 작업에 걸려들게 되있어."

그녀는 단순히 어떤 옷을 입고 나가느냐의 문제가 아니라 어떤 식으로 그에게 호감을 드러낼 지가 관건이라는 내 이야기에 고개를 끄덕였다. 그리고 내 충고대로 팜므 파탈과 청순녀를 오가는 교란 작전을 성공적으로 수행했다. 첫 만남으로부터 3개월이 지난 지금까지 그녀는 그 완벽남과 바람직한 만남을 이어오고 있다. 그녀는 지금도 여전히 섹시함과 청순함 사이를 오가며 본인의 매력지수를 조금씩 업그레이드하고 있는 중이다.

이 작전이 단순히 소개팅이나 선처럼 처음 만나는 자리에서나 먹힐 방법이라고 생각하지는 않길 바란다. 남자에게 호감을 표현한다는 건 그의 시야에 의미 있는 존재로 들어가려고 하는 것과 마찬가지 의미다. 선을 볼 때 상대가 마음에 들었다면 그에게 어떻게든 의미 있는 존재로 어필하도록 노력해야 하는 것처럼, 당신이 마음에 두고 있는 그 남자가 본래 당신에게 별 관심이 없었다고 해도 새롭게 당신의 가치를 인식하게 만들기 위해서는 이런 식의 전략적 테크닉은 꼭 필요하다.

그러나 한 가지 경계해야 할 부분이 있다. 자기의 본모습과 너무 동떨어진 모습에 지나치게 의존해서는 안 된다는 것이다. 관건은 이 두 가지 서로 다른 콘셉트를 자기 본모습과 얼마나 적절하게 혼용하는가에 달려 있다. 시종일관 섹시 코드로만 어필하려고 하거나 실제 자신의 삶은 전혀 그렇지 않은데 지나치게 청순하고 착한 모습만 보이려고 하면 결국 밑천이 드러나게 마련이다. 청순하거나 섹시하게 보이는 것은 특별한 상황에서 매력을 극도로 끌어올릴 때 사용하는 것이 좋다. 그가 조금씩 마음이 넘어오기 시작했다면 당신의 본모습을 더 많이 보여주면서 당신의 진정한 매력이 무엇인지 어필하는 테크닉이 필요하다.

TIP.

팜므 파탈로 어필하기 위해 갖추어야 할 다섯 가지

1. 섹시하지만 절대 무섭게 보이지는 않을 정도의 은은한 스모키 메이크업
2. 대화 도중 가끔은 먼저 그의 몸을 터치할 수도 있는 과감한 자세
3. '섹스'나 '섹시' 같은 단어를 그의 앞에서 시크하게 발음할 수 있는 자신만만함
4. 가슴골이 살짝 노출되는 아이템을 스스로 즐길 줄 아는 과감함
5. 술을 마셔도 잘 취하지 않지만 그에게는 은근히 취한 척할 수 있는 연기력

그가 계산기를 두드리게 만들어라

자기 여자가 예뻤으면 좋겠지만 그렇다고 다른 남자들이 쳐다보는 건 싫고, 날씬했으면 좋겠지만 그럼에도 불구하고 가슴은 C컵쯤은 되어야 만족하는 존재들이 바로 남자다. 착한 여자면 충분하다고 말하면서 몸매, 마음 다 착하기를 바라는 욕심과 보통 정도의 외모면 충분하다고 말하면서 맨날 연예인 누구누구를 이상형으로 꼽는 게 바로 남자들이라는 거다.

상대가 누가 되었건 남자에게 대시를 할 때 반드시 기억해야 할 포인트 하나를 추가한다면 바로 이거다. 바로 남자들의 이중성 말이다. 이성을 볼 때 여자들만 마음속으로 계산하고 남자들은 단순하게 마음이 이끌리는 대로 행동한다는 생각은 그야말로 여자들의 착각일 뿐이다. 남자들은 당신이 생각하는 것 이상으로 이성을 볼 때 이런저런 계산을 이미 하고 있다는 것을 잊어서는 안 된다. 취재하다 알게 된 어느 훈남 피부과 의사 L은 내게 이런 말을 했다. "하도 여기저기서 선이 많이 들어오다 보니까 일주일에 두세 명은 꼬박꼬박 만나는데, 내 배경 보고 접근하는 여자들은 일단 눈빛부터 달라요. 일단 피부과 의사니까 능력은 확실히 검증된 건데 그 이외의 부분들, 이를테면 가정 배경이나 여자 관계나 성격같은 것들 말이죠. 그런 것들을 어떻게 파악하면 좋을까 이렇게 계산하는 눈빛이 너무 빤히 보인다는 거에요. 여자들은 그냥 긴장한 척하지만 사실은 이쪽에서 작정하고 관찰하면 안 보일래야 안 보일 수가 없는 부분이거든요. 정작 그런 모습을 보면서 이 여자는 안되겠다, 별로겠다 그런 계산을 하는 건 난데 말이죠" 여자들을 많이 만나본 탓도 있겠지만 솔직히 그의 고백은 조금은 충격적이었다. 그를 만났던 여자들은 그래도 본인이 계산기를 두드리고 있다는 걸 숨기려고 애를 썼을텐데 그런 모습까지 전부 들키고 만 셈이니까.

하지만 그렇다고 넋놓고 있을 수만은 없다. 조금이라도 더 멋진 남자를 만나야 한다는 일념으로 용감하게 대시까지 하는 이 마당에, 계산 같은 건 아예 하지 않고 그만둘 수도 없는 일이다. 그렇다면 이런 남자들의 계산적인 성향을 역으로 이용해보는 건 어떨까? 다시 말해 그가 스스로 계산기를 두드려봐서 당신에 대해 긍정적인 평가를 내릴 수 있도록 하는 거다.

L은 또 이렇게 덧붙였다. "여자들이 정말 간과하고 있는 게 하나

있어요. 여자들은 그냥 자기보고 좋다고 하는 남자는 그 사실만으로 한두 번 데이트를 하기도 하지만 남자들은 절대 두 번 이상 '그저 그런 여자'와 만나는 일 따위는 하지 않는다는 거죠. 딱 봐서 이 여자는 만나고 싶은 이득이나 혹은 이유가 별로 없다는 생각이 든다면 그건 진짜 아닌 거에요. 여기에서 이득은 경제적인 이득이나 그런 걸 말하는 게 아니에요. 이 여자를 만나면 어떤 게 좋겠구나 하는 이점 같은 걸 말하는 거죠. 이걸 제대로 어필을 할 준비가 되어 있지 않다면 미안하지만 그런 상태에서 하는 대시는 그냥 헛다리 짚는 꼴이 될 가능성이 굉장히 높다고 할 수밖에 없을 것 같아요."

그 남자에게 한방에 제대로 먹히는 대시를 하고 싶은가? 일단 당신의 장점이 무엇인지부터 파악하자. 물론 그에 대해서 완벽히 분석했을 수도 있다. 이것은 대시의 성공률을 높이는 데 긍정적인 영향을 미칠 것은 틀림없다. 하지만 그렇다고 해서 그가 당신에 대해서 매력을 느끼는 건 아니다. 자신에게 깊은 관심과 호감을 가져준 것에 대해서 일종의 고마움을 느낄 수야 있겠지만 당신에게 매력을 느낄 수 있는 포인트는 되지는 못한다는 거다. 그가 계산기를 두드려서 'YES'라는 결론을 내리게 만들려면 그를 분석하는 것만큼이나 스스로의 강점과 약점을 분석하는 노력도 필요하다.

그렇다면 한 가지 고민이 생길 것이다. 남자들은 구체적으로 여자의 어떤 면에 혹하는 걸까? 내가 어떤 식으로 나의 장점을 부각시켜야 좋은 것일까? 그러나 여기에서 너무 복잡하게 생각하지는 말

자. 딱 세 가지만 기억하면 그의 마음을 사로잡을 수 있다.

가장 먼저 잡아야 할 포인트는 '이 여자와 함께 있으면 마음이 편안해'라고 그가 느끼게 만드는 것이다. 요즘 남자들은 연애에 아주 많은 에너지를 쓰는 것을 굉장히 피곤하게 여기는 경우가 많다. 여자보다 자기 자신을 사랑하는 초식남이 창궐하는 시대라고 하지 않던가. 그러니 당신이 아무리 모두가 인정하는 매력적인 캐릭터의 소유자라고 하더라도 당신과 함께 하는 시간이 조금이라도 불편하다면 남자는 당신의 대시마저도 불편한 것으로 받아들이게 된다.

그가 당신을 편안한 존재로 느끼게 만들기 위해서는 신경써야 할 부분들이 많다. 편안한 미소를 보여줘야 하고 다양하고도 깊이있는 주제로 그와 장시간 대화를 나누면서도 의견이 부딪히는 일이 좀처럼 없어야 한다. 또 당신이 스스로의 감정을 솔직히 드러내는 순간에도 남자가 부담을 느끼지 않도록 해야 한다. 그렇게 하기 위해서는 일단 그에게 대시하는 동안 당신의 마음이 편안해야 한다. 내 마음이 편안한 상태에서 상대방에게 많은 것을 바라지 않고 이런저런 이야기들을 나누는 것은 쉽지는 않지만 꼭 해내야 할 부분이다. 그와 대화를 나누는 동안 수시로 자기 자신을 점검해보라. 내가 그를 편안하게 생각하고 있는지 지금 꺼내는 이야기의 주제가 그에게 편안하게 느껴질 만한 것인지 객관적인 시선으로 자신을 바라보는 노력이 필요하다. 그리고 그와의 관계가 지금보다 가까워진 후에도 이 점을 잊어서는 안된다. "옛날엔 안 그랬는데 자기 변한 거야?"라며 징징대는 것을 남자들은 정말이지 견디기 힘들어한다. 그에게 작업할 때든 그의 연인이 되든 상대를 편안하게 해주는 연애를 하려고 끊임없이 노력하지 않으면 안된다는 말이다.

두 번째로 잊지 말아야 할 포인트는 당신 스스로가 이성으로서 매력적인 존재로 어필하는 것이다. 사실 첫 번째 항목은 열심히 궁리하고 노력한다면 그렇게 어렵지만은 않은 부분일 수도 있다. 하지만 그저 편안한 여자로만 어필하고 끝나버린다면 그는 당신을 그저 편안한 친구 사이로만 만나려고 하지 그 이상의 관계로 만나려는 생각을 하지 않을 수도 있다. 편안한 여자는 세상에 많다. 당신이 원하는 건 그저 친하게 연락하고 지내는 사이가 아니라 서로를 애인으로 인정할 수 있는 사이라는 것을 기억하자. 다시 말해 둘 사이에 보통 사이 이상의 성적 긴장감이 흐르게 만들어야 한다는 말이다.

그렇다면 어떻게 해야 이 성적 긴장감을 최고조로 유지할 수 있을까? 답은 간단하다. 이 부분에 있어서도 역시 남자들은 굉장히 단순하다. 시각적인 자극에 극도로 예민한 존재들이기 때문에 그를 시각적으로 어떻게 자극할 것인가가 관건이 된다. 그렇다고 그를 만나러 나가는 자리에 대놓고 섹시한 의상과 메이크업을 선택하는 건 별로 좋은 방법이 아니다. 그렇게 되면 자칫 그가 당신을 '그저 섹시하기만한 여자'로 오해할 소지가 있다. 그보다는 그에게 자연스럽게 상상력을 불러 일으킬 수 있는 아이템을 선택하라. 노출이 심한 디자인의 슬리브리스를 입는 것보다는 시스루 디자인의 톱에 얇은 재킷을 겹쳐 입는 쪽이, 마이크로 미니스커트를 입어서 자꾸 다리에만 시선이 가도록하는 것보다는 핏이 잘 맞아 힙을 돋보이게 할 수 있는 부츠컷 청바지를 입는 쪽이 남자의 상상력을 자극한다. 이 사실을 잊지 말자.

마지막으로 중요한 것은 당신이 얼마나 능력 있는 여자인지를 어필하는 것이다. 요즘 남자들은 결혼 여부와 상관없이 자기가 먹여 살려야만 할 것 같은 여자에게 큰 매력을 느끼지 못한다. 남자들이 오히려 매력을 느끼는 건 자기의 일이 있고 뚜렷한 인생관이 있는 여자, 그래서 남자가 없어도 즐거운 인생을 살 수 있을 것 같지만 자기가 옆에 있으면 더 빛이 날 것 같은 여자다. 결국 당신의 삶의 태도가 중요하다는 소리다. 당신은 앞으로의 미래에 대해서 어떤 청사진을 갖고 있고 스스로에 대해 어떤 점을 정말 자랑스럽게 생각하는가. 당신은 이에 대해서 그에게 자신있게 말할 준비가 되어 있어야 한다. 그래서 남자로 하여금 '아, 이 여자는 내가 생각했던 것보다 훨씬 괜찮은 여자네. 그녀와 함께라면 정말 멋진 커플이 될 수 있겠네' 라는 생각이 들도록 만들어야 한다.

남자의 마음을 얻어낸다는 건 분명 쉬운 일만은 아니다. 하지만 내가 관심 있는 그 남자에게 나를 어떤 식으로 어필할 것인지 전략은 꼭 세우고 가야 한다. 남자들은 단순한 만큼 매정한 존재들이다. 한 번 아니라고 생각한 여자에 대한 선입견을 쉽게 바꾸지 않는 존재들이니 준비는 정말 치열할수록 좋다. 매력적인 당신, 좀 더 매력적인 존재로 어필할 수 있도록 노력을 아끼지 마라. 결국 그가 NO를 선택했다 하더라도 그 노력의 과정을 통해 적어도 당신은 스스로의 가치를 확실히 깨닫는 시간을 갖게 될 것이다.

그가 당신에게 급호감을 갖게 되었다는 세가지 사인

1. 당신에게 개인적인 질문을 구체적으로 하기 시작한다. 예를 들어 '어머니는 어떤 분이시냐' 거나 '지난 번에 봤을 때보다 예뻐졌는데, 무슨 일이냐' 하는 식.

2. 자기 취향만 내세우더니 은근히 당신의 취향에도 맞춰주기 시작한다. '아 참, 고기 싫어한댔죠. 그럼 다음에 야채 커리 잘하는 집 소개해줄게요.' 같은 멘트들.

3. 당신이 대시한 이후에 특별한 연락을 하지 않았을 때, 적어도 24시간 내에 당신에게 연락을 취한다. 그 내용이 어떤 것이든 그가 먼저 연락을 취했다는 게 포인트!

언제까지 기다릴 텐가? 과감하게 대시하라

대시, 준비부터 실전까지 품위를 잃지 마라

이제 본격적으로 대시를 시작해야 하는 타이밍. 지금까지의 준비도 중요했지만 실전에서 어떻게 하느냐가 대시의 성공 여부를 가늠하는 가장 중요한 척도가 됨을 잊지 말자! 여자들이 가장 많이 착각하는 것 중 하나는 대시를 할 때 남자가 여자한테 대시하듯 하면 되는 것 아니냐고 생각하는 것이다. 남자가 여자에게 호감을 나타낼 때는 아무래도 직접적인 추파를 던지는 경우가 많다. 처음 만났는데도 대뜸 "그쪽이 무척 마음에 드는데, 한번 사귀어보지 않을래요?"라고 말을 건넨다 해도 '박력 있는 남자' '남자다운 남자' 쯤으로 이해될 가능성이 높다.

하지만 여자가 그런 식으로 대시를 한다면 어떤 일이 일어날까? 동료기자 K는 일하다 만난 방송국 PD가 완전 마음에 들어서 반드시 그 남자를 자기 남자로 만들고야 말겠다며 한창 들떠 있었다. 그런데 어느 날 완전히 풀이 죽은 목소리로 내게 전화를 걸어왔다.

"언니, 나 완전 망했어요. 그 남자한테 내가 고백하겠다고 얘기했었잖아. 업무 끝나고 가볍게 맥주 한잔 하는 거 어떠냐고 했더니 괜찮다는 거예요. 그래서 나는 그 사람도 나한테 호감이 있는 줄 알았죠. 호감이 없는데 술을 같이 마실 수는 없는 거잖아요. 그래서 용기를 내서 술이 좀 취했을 때 얘기를 했어요. 처음 봤을 때부터 좋아했고, 나랑 한번 사귀어보지 않겠냐고. 그랬더니 바로 얼굴빛이 싹 바뀌는 거예요. 자기는 일적으로 만난 사람하고는 절대 그 이상의 관계는 안 맺는다고. 아니 그럴거면 단둘이 술은 왜 마시는 거래요? 아예 술자리부터 거절했으면 이렇게 무안당할 일도 없었잖아요!"

K는 한동안 분을 삭이지 못하고 내게 기나긴 하소연을 되풀이했다. 안타까운 상황이었다. K는 그래도 나름 남자들에게 꽤 인기 있는 타입이었는데 제대로 작업도 못해보고 무안하게 끝나버리고 말았으니 화가 날만도 했다. 하지만 그녀는 처음부터 작업 포인트를 잘못 잡았다. 그녀는 숱한 남자들이 자신에게 다가왔던 방식 그대로 관심남에게 접근했다. 이렇다할 작업의 과정도 없이 대뜸 술자리에서 술김에 고백하는 지나치게 초보적인 테크닉을 사용한 것이다.

대시의 기본은 상대편의 마음을 움직이는 것임을 기억해야 한다. '이렇게까지 어렵게 고백하는데 그래도 싫다고는 안 하겠지.' 이렇게 생각하는 것은 고백하는 사람의 생각일 뿐이다. 정작 그 고백을 듣는 사람은 아무 준비도 되지 않은 상태에서 너무도 갑작스러운 제 안을 듣는 것이기 때문이다.

사실 남자가 여자에게 이런 식으로 고백을 하는 경우는 오히려 위험 부담이 적다. 여자들은 일반적으로 자기한테 관심을 보이는 남자, 게다가 이렇게 갑자기 다가오는 남자에게 오히려 좋은 감정을 갖게 되는 경우가 많기 때문이다. 하지만 남자는 꼭 그렇지만은 않다. 남자들은 여자의 갑작스러운 고백을 그야말로 갑작스럽고 황당한 사건으로 받아들일 뿐이다. 당신이 직접적으로 대시하기 전에 은근한 추파나 작업 멘트를 던져두었고 그것이 그 남자에게 의미 있는 사건으로 받아들여졌다면 또 모를까. 당신이 단지 마음속으로 끙끙 앓기만 했다면 당신의 대시가 받아들여지지 않을 확률이 높다. 용기는 가상하지만 정작 그것이 상대방에게 제대로 먹히지 않는다면 그 용기가 다 무슨 소용일까?

대시하고 싶은 남자를 발견했는가? 그렇다면 당신이 제일 먼저 갖출 조건은 바로 용기가 아니라 품위다. 왜 하필 품위일까? 대시는 상대방의 마음을 얻어야 의미가 있다. 굳이 따지자면 대시를 하는 쪽이 뭔가 아쉬운 입장이라는 말이다. 바로 이점에서 여자들은 자신을 스스로 비굴한 존재로 만들고 만다. 어쨌든 내가 먼저 그 남자를 좋아했고 그 남자의 마음을 내쪽으로 돌려야 한다는 필사적인 마음 때문에 스스로 우아함을 내던져버리는 것이다. 그의 마음을 얻을 수 있다면 무슨 말이라도 할 수 있을 것 같고 그가 하라는 대로 모두 다 할 수 있을 것 같은 절박한 마음을 갖게 되니 우아함이라고는 찾을래야 찾을 수가 없다.

하지만 이것은 남자들의 마음은 제대로 읽지 못하고 있다는 증거다. 남자는 원하는 여자를 자기 여자로 만들기 위해서 자존심 따위는 버려도 좋다고 생각하지만 정작 여자가 자신에게 그런 식으로 다가올 때는 전혀 고마워하거나 대단하게 생각하지 않는다. 앞장에서 지적했듯이 남자는 사냥 본능이 잠재된 존재들이라는 것을 기억하자. '너밖에 없어'라고 말하는 것이 남자에게 매력이 떨어지는 이유가 여기 있다. '난 무조건 당신만 있으면 되요'라고 지고지순한 콘셉트로 밀고나가는 쪽보다 다른 남자들에게도 인기 있는 여자가 자신에게도 관심을 가져주는 쪽이 훨씬 잘 먹힌다. 그러니 그에게 아무 준비도 없이 대뜸 고백하는 식의 무대뽀 대시는 내다 버리자. 그가 당신에게 호감을 갖고 있었다고 해도 이런 방법은 뒷맛이 개운치 않고 그가 당신의 마음을 전혀 모르고 있었다면 절대로 성공하지 못할 방법이다.

성공적인 대시를 위해서는 대시를 할 때 하더라도 품위 있게 하겠다는 원칙을 잊지 말자. 그에게 어떤 말을 해야 할지 어느 시점에 연락을 해야 할지 어떤 식으로 다가가야 할지 좀처럼 명확한 판단이 서지 않을 때 이 원칙을 기억하는 것은 확실한 가이드라인이 되어줄 것이다. 같은 내용의 고백을 하더라도 소주 먹고 만취해서 하는 것보다 가볍게 와인을 마시며 은근한 미소도 날리면서 하는 편이 훨씬 우아하지 않을까? "제가 사실 오래전부터 좋아해왔는데 내 마음 좀 알아주면 안 돼요? 설마 애인 있는 거 아니죠?"라며 일종의 동정심에 호소하는 것보다는 "처음 봤을 때부터 이상형이라고 느꼈어요. 제 관심, 싫지 않죠?"라며 쿨하게 말해주는 편이 당신의 자존심과 품위를 지키며 상대에게 어필할 수 있는 최상의 방법이다.

다음으로는 언제 고백해야 할지 마음 졸일 시간에 그 남자를 조금이라도 더 분석하는 시간을 갖자. K가 만약 그 PD의 연애관을 사전에 미리 알았더라면 공적으로 만났더라도 그가 어떻게든 사적인 관계처럼 느끼도록 유도한 다음에 대시를 했을 것이다. 그녀는 상대에 대한 정보 없이 일단 자기 감정을 알려야겠다는 생각에 급급하다 보니 헛다리를 짚은 것이다.

대시를 할 때 하더라도 우아하게 하겠다는 다짐과 함께 그에 대한 데이터를 하나하나 모아가다 보면 성공할 확률은 그만큼 높아지게 된다. 단, 이렇게 정보 조사를 할 때조차 당신의 품위를 잊어서는 안 된다는 것을 절대 잊지 말자. 어떻게든 그의 마음을 잡아야겠다는 절박한 마음으로 그에 대한 조사를 하는 것과 '이 남자에게 내가 가진 진짜 매력을 제대로 알려주고 싶은데 어떻게 하면 좋을까'라는 마음으로 조사를 하는 것은 완전히 다른 결과를 가져올 수 있다.

좋아하는 마음을 솔직하게 고백한다는 건 그 자체로 대단한 일이다. 자기 감정 뒤에 숨어서 쩔쩔 매다가 기회를 놓치는 게 아니라 거절의 두려움을 딛고 상대방에게 고백한다는 것은 쉬운 일이 아니다. 하지만 이 쉽지 않은 미션을 실패로 마무리짓고 싶지 않다면 분명한 전략을 세우자. 단지 간절한 마음만으로 다가가기에 요즘 남자들은 너무 계산적이고 너무 영악한 존재들이라는 사실을 잊지 말자. 어떤 상황에서도 품위를 잃지 않겠다고, 설사 거절당한다고 하더라도 나는 충분히 괜찮은 여자라고 스스로에게 주문을 외울 수 있다면 당신은 지금 당장 그에게 대시할 자격이 있다.

TIP.

품위 있는 여자로 보이는 세 가지 쉬운 테크닉

1. 그에게 절대로 답을 빨리 달라고 재촉하지 않는다. 적극적으로 자기의 마음을 표현한 후, "그럼, 천천히 생각해보고 얘기해줘요"라고 쿨한 목소리로 대시를 마무리할 것.

2. 만약 그에게 저녁 식사나 술자리를 제안했다면 계산은 당연히 당신이 해야 한다. 대시하면서 얻어먹지 않는 것, 이건 기본 중 기본이다.

3. 만약 그가 대시를 거절했다면 절대로 한 번 더 묻지 말 것. 깨끗이 인정하고 후일을 기약하라. 미련을 갖는 그 순간 당신은 그에게 '귀찮은 존재'가 될 뿐이다. 오히려 깨끗이 관심을 거두면 그는 당신에게 언젠가 다시 관심을 갖게 될 것이다.

그가 먼저 '사귀자'는 말을 하도록 유도하라

"왜 나한테 연락이 없어요?"

나른한 오후, 심심하던 차에 반가운 메시지 알림음이 들려왔다. C에게서 온 문자였다. 속으로 나는 쾌재를 외쳤다. 그가 먼저 문자를 보내다니, 그것도 '왜 나한테 연락이 없냐' 니. 이보다 더 귀여운 메시지가 또 있을까? 몇 달 전 언론 관계자들이 모인 술자리에서 처음 만났던 그는 모 신문사 생활부 기자였다. 나와 비슷한 일을 하고 있기도 했고 착실하고 순진해 보이는 첫인상과 달리 이야기를 나눠보니 느껴지는 약간의 까칠함이 오히려 내겐 매력으로 다가왔다. 몇 차례의 신중한 작업과 은근히 유쾌한 밀고 당김이 있은 후 그는 내게 저토록 귀여운 메시지를 보내왔던 것이다. '홋, 드디어 넘어온 거지?' 그렇게 답문자를 보내고 싶었지만 꾹 참았다. 다된 밥에 재 뿌릴 수는 없는 일이니까. 그리고 그가 문자를 보내왔던 그날 저녁 까칠남 C는 내게 이렇게 말했다. "그냥 사귀죠, 우리." 처음엔 그저 나의 일방적인 대시로 시작했지만 사귀자는 말은 그가 하고 있었다. 내 치밀한 작전이 성공하는 순간이었다.

대시할 때 여자들이 저지르는 몇 가지 실수 중에 하나는 바로 "사귀자"는 말을 먼저 해버리는 것이다. 그녀들은 일단 자신의 감정이 얼마나 진실하고 강렬한지 표현하고 싶고 구체적으로 말하지 않으면 그가 잘 알아듣지 못할 지도 모른다는 걱정 때문에 조급하게 군다. 하지만 정말로 그와 사귀고 싶다면 이런 표현을 먼저 하는 것만은 삼가자. 아무리 초식남이 대세이고 남자들이 여성화되는 시대라지만 뿌리 깊은 남자들의 보수적인 생각 전부가 변한 것은 아니다.

남자들이 겉으로는 적극적인 여자가 좋다고 말하고 먼저 다가오는 여자가 쿨하고 좋다고 떠들지 몰라도, 여전히 마지막 순간에는 자신이 주도권을 잡아야 한다고 생각한다. 그런데 이래저래 추파를 던지는 것으로 모자라서 '사귀자'는 제안까지 직접 해버린다면? 겉으로는 별다른 표현을 하지 않을지 몰라도 남자는 내심 '내가 너무 질질 끌려가는 거 아닌가? 이 여자랑 사귀어도 이런 식으로 되는 건 아닌가?'라는 상상에 시달리게 된다. 남자의 상상이 거기까지 미친다면 미안하지만 그 관계는 더 이상 깊어지기 힘들다.

그렇다면 단지 '그 말'을 하지 않는 것으로 충분한 것일까? 작업이란 게 그렇게 단순하지가 않다. 여러 번 그에게 작업의 손길을 뻗치고서는 정작 사귀자는 말을 하지 않는다고 해서 그가 먼저 '사귀자'는 말을 할지 아니면 그냥 그렇게 두 사람의 관계가 흐지부지될지는 알 수 없는 일이다. 결국 관건은 그에게 그 말을 하지 않을 수 없도록 작전을 펼치는 데 달려 있다.

어떻게 작전을 시작하면 좋을지 궁금할 것이다. 일단 중요한 것은 '알 듯 모를 듯한 여자'로 자리잡는 것이다. 예를 들어 그에게 연락을 취하는 방법에 대해 생각해보자. 첫 만남부터 은근히 까칠한 면모를 드러냈던 C에게 '난 당신이 너무 좋아요'라는 식으로 들이댈 수는 없는 일이었다. 나는 그에게 적당한 거리를 유지하면서 잊을 만하면 연락을 취했다. 어떨 땐 일주일 간격으로 가끔은 사흘 간격으로 그에게 연락을 했다. 연락할 때마다 용건을 약간씩 바꿔주는 노력도 잊지 않았다. 이를테면 어떤 날은 저녁 늦은 시각에 그가 유난히 좋아하는 안주였던 참치회를 기가 막히게 하는 집을 찾아냈다며 애교 있는 목소리로 언제 한번 여기로 초대하고 싶다고 말하고, 어떤 날은 아주 프로페셔널한 커리어우먼의 목소리로 그에게 일적인 도움을 요청하는 식이었다.

처음엔 까칠하기만 하던 목소리가 시간이 지날수록 은근히 누그러지기 시작했다. 그는 나중에 고백하기를 분명 내가 자기에게 특별한 감정을 갖고 있다는 걸 느꼈지만 가끔씩 차가운 목소리로 일적으로 도움을 요청할 때는 그게 또 아닌가 싶어 왠지 일단 잘해주다 보면 답이 나오지 않을까 하는 생각이 들었다고 했다. 남자들이란 자고로 두 가지 여자, 자기한테 잘해주는 여자와 자기의 도움을 필요로 하는 여자에게 약해지는 법이다. 나는 이미 그에게 두 가지 조건에 모두 해당되는 여자였으니 그가 왠지 잘해주고 싶어진 건 당연한 일이었던 셈이다.

두 번째는 일종의 거짓 트릭이라고 할 수 있다. 쉽게 말해 먼저 관심이 있어서 대시하는 쪽이 당신이니 선택받기를 기다려야 하는 입장이지만 오히려 그로 하여금 선택받고 싶은 마음이 들게 만드는 것이다. 다시 한 번 강조하지만 남자들은 경쟁을 좋아하고 또 그 경쟁에서 이기는 것을 자신의 존재 가치로까지 생각한다. 여자의 대시가 결코 쉬울 수 없는 이유가 바로 여기에 있다. 여자가 먼저 '난 당신 것이에요'라는 식으로 다가가는 건 남자에게는 이미 내재되어 있는 경쟁과 사냥 본능을 펼칠 수 없게 만드는 셈이다.

그렇다면 그에게 경쟁할 기회를 주는 것이 방법이 될 수 있지 않을까? 즉, 좀 더 화끈하고 성공적인 대시가 되기 위해 그에게 은근히 경쟁자의 존재를 강조하는 것이다. C에게 접근할 때 이 방법은 아주 효과가 있었다. 그와 만나기로 한 카페에서 남자 후배와 미리 만나고 있다가 약속 시간이 돼서 그가 도착하면 남자 후배와 자못 아쉬운 표정으로 헤어진다거나, 친분이 있던 훈남 오너 쉐프가 일하고 있는 레스토랑으로 가서 그의 앞에서 쉐프와 반갑게 인사를 나누는 식이었다.

가끔은 그들 앞에서 가벼운 악수를 하거나 어깨, 등 정도를 터치하는 가벼운 스킨십도 일부러 하곤 했기 때문에 그에게는 은근한 자극이 되었을 것이다. 물론 다른 남자에게 대시를 받고 있다는 것을 보여주어야만 경쟁자가 있다고 인식하는 것은 아니다. '너 말고도 내 주위에는 매력적인 남자들이 많다. 하지만 난 그중에서도 너를 선택한 것이다'라는 메시지를 주는 게 중요하다. 대시를 하는 입장이라고 해서 무조건 그에게 '난 당신밖에 없어요' '지금 나에겐 당신밖에 안 보여요'라는 메시지만 전달해야 한다는 법칙은 세상 어디에도 없다. 오히려 그런 지고지순한 메시지를 받은 남자는 부담감에 뒷걸음질치고 싶어진다는 것을 기억해두자.

이 외에도 전화를 할 때는 살갑게 대하다가 막상 데이트를 하기 위해서 만났을 때 "급한 일이 생겨서 오늘은 딱 두 시간밖에 못 볼 것 같다"라고 하거나 약속 시간을 두세 시간 가량 남겨둔 상태에서 (이보다 덜 남았을 때는 자칫 개념 없는 여자로 인식될 수 있으니 주의!) "갑자기 업무가 늦어져서 한 시간 정도 늦게 봐야 할 것 같다"고 말하는 것도 괜찮은 방법이다. 이런 행동이 그에게 약간의 스트레스를 줄 수도 있지만 오히려 당신과의 만남이 너무 쉽고 시시하게 느껴지는 것보다는 낫다. 잠시 동안 그가 느꼈을 스트레스에 지레 겁먹지는 말자. 그와 직접 만났을 때 당신이 즐거운 대화로 풀어줄 수 있다면 그가 느꼈던 스트레스는 오히려 당신에 대한 호감을 두 배로 키우는 힘이 된다.

여자를 정말 잘 아는 남자들은 자고로 먼저 '헤어지자'는 말을 하지 않는다고 했다. 여자로 하여금 도저히 헤어지지 않으면 안 되는 상황을 만들어 여자 입에서 그 말이 나오게끔 해서 본인은 절대 나쁜 남자가 되지 않는다고 한다. 우리는 바로 이 점을 배워야 한다. "헤어지자"는 말이 여자의 입에서 나오는 것이 일종의 순리이듯이 "사귀자"는 말은 남자의 입에서 나오도록 다채로운 작전으로 그를 헷갈리게 만들어야 한다. 순정은 잊어라. 그를 헷갈리게 만들 작전을 짜는 것부터 시작하자.

그가 당신의 교란 작전에 걸려들고 있다는 증거

1. 그에게 전화를 걸어 그가 받기 전에 끊어 버렸더니 채 3분이 지나지 않아 그에게서 다시 전화가 걸려왔다.

2. 그와 만나고 있는 도중에 다른 남자와 우연히 마주쳤을 때 간단히 인사만 하고 지나가면, 왜 자기를 소개해주지 않았냐고 은근히 기분 나빠한다.

3. 당신이 사흘 이상 연락을 하지 않았을 때 '요즘 바쁜가 봐요'라는 안부 문자를 보내고, 일주일 이상 연락을 하지 않았을 때는 '무슨 일 있나 봐요'라는 문자를 보낸다.

거절당하는 것을
두려워하지 마라

"그 남자한테 내가 오래전부터 좋아했다고 그만 말해버렸죠. 하지만 그날 이후로 제게 연락이 없어요. 차라리 좋아한다는 말을 입밖으로 꺼내지 않았다면 좋았을지도 모르겠다는 생각이 들어요. 그랬으면 가까이서 지켜볼 수라도 있었을 텐데. 너무 아쉬워요. 게다가 왜 하필 술김에 그랬는지 후회스러울 뿐이죠."

남자에게 대시하는 방법에 대한 기사를 쓰기 위해 이런저런 사연을 취재하던 도중 술김에 마음을 고백한 그녀의 사연을 이메일로 받았다. 연애 경험이 많지 않았기 때문이었을까. 그저 애틋한 눈빛으로 고백을 하면 그가 어떻게든 자기 마음을 알아줄 거라고 순진한 믿음을 가졌던 그녀는 결국 그 남자에게 거절을 당한 후 한참 동안 우울증에 시달렸다고 고백했다.

대시는 결국 결말이 있다. 그 사람이 당신의 고백을 받아들일 것인지 아니면 완곡히 거절하면서 결국 대시하기 전보다 어색한 사이로 남게 될 것인지다. 그러나 결국 선택은 온전히 자신의 몫이다. 내 감정을 솔직하게 고백하는 것보다 그와 안전하고 재미없는 감정 라인을 유지하는 것이 더 낫다고 생각하는 사람은 고백하는 무리수를 두지 않겠지만 그래도 내 감정을 털어놓고 싶은 욕구가 강하다면 50퍼센트 혹은 그보다 더 낮은 확률을 가지고서라도 그에게 대시를 하게 되는 것이다.

하지만 거두절미하고 당신이 톱스타 연예인 뺨칠 정도의 외모를 갖춘 절세미인이라거나 그의 속마음을 완벽히 읽어낼 수 있는 독심술을 갖추지 않은 이상에야 대시의 확률은 고만고만한 수준일 것이다. 그리고 만약 두 사람이 서로에게 호감을 갖고 있는 상태였다면 당신이 이렇게 마음 졸이며 대시의 순간을 준비하기 전에 이미 그는 당신에게 러브콜을 보냈을 확률이 높다. 그러니 결론적으로 당신이 이렇게 애끓이고 있는 동안 그에게서 먼저 데이트 신청이 오지 않았다면 당신의 대시도 성공할 확률보다는 실패할 확률이 더 높다는 것이다. 안타깝긴 하지만 어느 연애서 제목처럼 '그는 당신에게 반하지 않았다'는 말이다. 그러니 거절당할 각오가 되어 있지 않다면 대시를 애초에 생각하지도 말자.

나는 딱 세 가지만 지적하겠다. 일단 그에게 거절을 당했다고 하더라도 너무 괴로워지고 싶지 않다면 뭔가 대책을 세워두자. 나의 대시에 그가 흔쾌히 OK할 거라는 장밋빛 환상은 일단 접자. 오히려 그가 거절했을 때 표정 관리를 어떻게 해야 할지 그 이후에 그와는 어떤 식으로 지낼 것인지에 대한 생각이 구체화되어 있어야 한다. 이것을 지레 겁먹는 것과 착각해서는 안 된다. 최악의 상황에 대해 이미 마음의 준비가 되어 있다면 오히려 당신의 대시는 당당하고 침착해질 수 있다.

만약 단순히 마음의 준비를 하는 것으로 충분하지 않다고 느껴진다면? 이순위 남자를 마련해두자. 대시할 만한 괜찮은 남자를 한 명 더 마련해두라는 이야기다. 나의 마음을 받아줄지 매몰차게 내칠지 알 수 없는 그 남자를 지고지순하게 바라봐야 한다고 그 누구도 강요하지 않는다. 어차피 그 누구와도 정식으로 사귀는 것이 아니기에 양다리를 걸친 것도 아니다. 중요한 것은 당신이 누군가에게 당신의 솔직한 마음을 고백하려 한다는 사실, 그것 하나만을 기억하자.

어쩐지 옳지 못한 방법처럼 느껴지는가? 그러면 자신의 본의를 오해할지도 모른다는 두려움이 들지도 모르겠다. 하지만 기억하자. 실제로 남자들은 한 명 이상의 여자를 리스트에 올려 두고 순차적이 아니라 그야말로 동시다발적으로 대시의 손길을 뻗히는 경우도 허다하다. 결국에는 똑같다. 좀 더 나에게 어울리는 이성을 찾기 위한 노력의 방법일 뿐이라고 생각하자. 한 명에게 거절당하더라도 다른 한 명에게 다시 한 번 대시해볼 수 있도록 '제2의 관심남'을 마련해두라.

두 번째로 기억해야 할 것은 그가 당신의 제안을 거절을 했을 때 어떻게 행동해야 할 것인지에 관한 부분이다. 그는 어쨌든 거절을 했고 당신은 그 결정을 바꿀 수 있는 처지가 아니다. 그런데 이 부분에서 많은 여자들이 실수를 한다. 마치 그가 당신에게 큰 상처라도 낸 나쁜 남자인 듯 외면을 해버리거나 한 번만 더 생각해달라고 그에게 사랑을 구걸하듯 행동하는 것이다. 하지만 두 방법 모두 결국 그 남자에게는 안 좋은 인상만을 남길 뿐이다. 남자 입장에서는 그저 자기 감정에 솔직했을 뿐인데(당신이 그랬던 것처럼 말이다) 졸지에 나쁜 남자가 되거나 혹은 스토킹을 당하고 있는 것은 아닐까 하는 불쾌한 기분을 느껴야 하니 말이다.

가장 좋은 방법은 그가 거절했을 때 그렇게 심각하지는 않지만 아쉬운 표정으로 '알았다, 솔직하게 얘기해줘서 고맙다' 라는 메시지를 확실히 전달하는 것이다. 혹시 그렇게만 말했을 때 두고두고 아쉬움이 남을 것 같다면 그에게 "그래도 내 마음은 진심이었으니까… 아주 오래는 아니겠지만 이 마음 간직하고 있어볼게요. 마음 변하면 연락주세요"라는 식으로 말하라. 대번에 'YES' 라는 대답을 하기가 부담스러워 일단 'NO' 라는 대답을 했던 남자라면 당신의 이런 애틋한 말 한마디에 마음을 냉큼 바꿔먹을 지도 모를 일이다.

마지막으로 당부하고 싶은 말은 바로 이거다. 아무리 매몰차게 거절을 당했다고 하더라도 너무 상심하지는 마라. 지금 이렇게 연애 전문가랍시고 글을 쓰는 나 역시 수년 전에는 남자들에게 꽤나 많이 영양가 없는 대시를 했고 그만큼 많은 거절을 당했다. 그땐 정말 세상에서 최고로 멋져 보이던 그 남자들이 지금은 이름도 가물가물하다. 그리고 그렇게 잡고 싶던 그 남자보다 지금 훨씬 멋진 남자와 연애 중이기에 오히려 그들에게 거절에 대한 감사의 말이라도 전해야 할 것 같다.

물론 작정하고 대시했지만 거절당한다는 건 아무리 생각해도 유쾌한 일은 아니다. 하지만 당신보다 더 많이 대시했고 더 많이 거절당했던 나도 있다. 내가 지금 진심으로 고백할 수 있는 것은 지금 당신이 미쳐 있는 그 정도의 남자는 당신의 인생에 반드시 다시 나타나기 때문이다. 그리고 오히려 그가 거절을 해주었기 때문에 당신은 좀더 강해질 수 있다. 한 번도 거절당하지 않은 사람은 자기가 어떤 강점과 약점을 가졌는지를 생각해볼 기회도 없다. 내가 누군가에게 거절당할 수도 있다는 사실에 대해 가슴 깊이 생각해볼 기회는 흔치 않다. 그러니 만약 당신이 거절을 당하고 나서 스스로에 대해 생각해볼 시간을 가진다면 적어도 당신은 거절당하기 전보다 연애 내공이 강해졌다고 말해도 좋다.

어차피 우리는 살면서 우리가 만나는 모든 사람을 만족시키며 살 수는 없다. 그런데 내가 찍은 그 남자가 나라는 여자에 대해 만족하고 대번에 OK하기를 바란다는 것은 어쩌면 과한 욕심이 아닐까. 그에게 대시한 결과가 어떻게 나오든 일단 스스로에 대한 자신감을 갖자. 스스로의 감정에 솔직해진 것을 칭찬하자. 당신의 제안을 거절했다는 이유로 의기소침해지거나 스스로에 대해 자책이나 비판을 하지 마라. 당신은 분명 더 괜찮은 남자를 만날 가능성이 충분하고 그가 당신을 알아보지 못한 것 뿐이다.

그에게 거절당했을 때 끝까지 매력 있게 보이는 방법

1. "사실 거절할 것 같다는 예상은 했었어요. 아직은 내가 매력이 부족한가보죠"라고 말하고 상큼하게 웃어준다.

2. "아쉽다. 그럼 우리 그냥 좋은 친구해요. 이것마저 거절하면 나 화낼지도 몰라요"라고 씩씩하게 말한다.

3. 그에게 직접 말을 할 수 없을 것 같다면 이렇게 문자메시지를 보내는 것도 OK. 눈물이 날 줄 알았는데 의외로 괜찮네요. 진짜 많이 좋아하는 줄 알았는데 그 정도는 아니었나 봐요. 그러니까 너무 미안해하지 마세요."

이제 남자를 만난 상황별로 전략을 세울 차례다.
소개팅으로 만났을 때, 업무상 남자를 만났을 때 구체적인 전략은 분명히 달라야 한다.
그의 마음을 꿰뚫어보는 혜안이 필요한 시점이다.

5

리얼 상황, 이렇게 작업하면 백발백중

• 응용편

;

소개팅으로 만난 그에게
먼저 애프터를 신청하려면

    이제 지금까지 배운 내용을 실전에 대입해볼 시간이다. 그런데 곰곰이 생각해보니 이 책을 통틀어 가장 많이 나온 단어가 바로 '소개팅'이었다. 한국 사회에서는 여전히 이성과의 자연스런 만남의 기회가 부족하고 어느 정도 조건이 검증된 남자를 큰 노력을 들이지 않고 만나는 방법이 소개팅밖에 없기 때문이다. 그래서 이 장에서도 역시 소개팅에 관한 이야기를 하려고 한다.

    앞서 1장에서도 언급했지만 소개팅은 구조적으로 여자에게 절대 불리한 게임이다. 소개팅을 통해 만나는 경우 대시나 애프터는 남자의 몫이라는 기본 정서가 깔려 있기 때문이다. 그래서 여자가 애프터를 신청하게 되면 남자 입장에서는 설사 상대방이 마음에 들었다 하더라도 자기의 기회를 빼앗겼다고 느껴 불쾌해한다.

이런 남자들의 심리를 이해했다면 그에 맞는 전략을 세우자. 가장 중요한 원칙은 상대가 아무리 마음에 들었다 하더라도 절대 "오늘이 마지막은 아니겠죠? 우리 다시 볼래요?" "이번 주말에 또 만날까요?"라는 식으로 직접적인 애프터 신청을 하지 말라는 것이다. 남자는 단순하기 때문에 아무래도 직접 말로 표현하는 것이 좋을 것 같다는 생각은 잠시 접어두자. 적어도 소개팅 직후의 상황에 대해서는 수컷들의 단순함보다는 보수적인 성향을 바탕으로 전략을 세우는 것이 효과적이다.

그럼 어떤 식으로 상대에게 자신의 호감을 표시하고 그로 하여금 '이 여자를 다시 한 번 보고싶다' 라는 생각이 들게 만들 수 있을까? 일단 처음 만난 직후부터 10분 정도 안에 반드시 한 번은 그의 매력에 대해 진심으로 칭찬하라. 여자는 보통 칭찬받기는 좋아하면서 칭찬하는 것에는 인색한 경향이 있다.

하지만 남자도 여자만큼이나 칭찬에 목마른 존재임을 기억하자. 만난 지 얼마 안된 상태에서 "독특한 매력이 있으시네요" "주선자에게 들었던 것보다 훨씬 멋지신데요"라는 식으로 칭찬을 건넨다면 그는 일단 마음의 빗장을 풀 것이다. 그리고 바로 다음 순간 '이 여자가 나에게 호감이 있나' 라고 생각하게 될 것이다. 시간이 조금 더 지나 그가 자신에 대한 이야기를 꺼낸다면, "외모만 멋지신 줄 알았는데 어쩜… 멋지시다"라는 다소 손발이 오그라드는 멘트도 날려주자. 여자는 남자의 칭찬을 립서비스 정도로 치부해버리는 경우가 많지만 남자는 칭찬 한마디에 사르르 녹는 경우가 많다.

하지만 그 정도 호감의 표시로 상대가 당신에게 애프터를 신청할 것이라고 생각하지는 마라. 기본적으로 소개팅은 남자가 먼저 이끌어야 하고 데이트 장소도 섭외해야 하고 남자가 데이트 비용까지 감당해야 한다는 게 대부분의 생각이다. 여자는 그저 예쁜 척 상냥한 척만 하면 된다고 여길지 모르지만 남자에게는 애초부터 피곤한 자리인 셈이다.

이러한 상황에도 불구하고 일말의 기대를 품고 나온 그들에게 일종의 자비를 베푼다고 생각해보자. 자, 이게 바로 두 번째 포인트다. 대화를 할 때 그 남자와 나를 한편으로 설정하는 것이다. 그건 단순히 그가 A를 좋아한다고 말했을 때 "어, 나도 그런데"라고 말하고, 그의 취미가 B라고 말하니 "어머, 저도요"라고 말하는 것만을 뜻하지는 않는다. 그의 이야기에 진심으로 공감하고 그가 어떤 의견을 피력했을 때 "그렇게도 볼 수 있겠네요. 전 거기까지 생각이 미치지 못했던 것 같아요"라는 식으로 그의 의견을 존중하는 것까지 포함된다.

사실 이렇게 상대방과 한편이라는 인식을 심어주는 것은 대부분의 직장 여성들이 회사에서 상사를 대할 때 어렵지 않게 해내는 부분이다. 그런데 사무실에서는 잘 해내던 그녀들이 이상하게 소개팅 자리에만 나가면 새침한 공주 모드로 돌변하는지 모르겠다. 그가 모든 것을 이끌어주기 바라는 소극적인 여자가 된다는 건 정말 아이러니

컬하다.

당신이 한눈에 반한 그가, 언변도 좋고 센스도 남다르다면 이런 저런 행동을 취하지 않아도 큰 무리가 없겠지만 그건 당신의 욕심일 뿐이다. 그가 첫 만남에서 유난히 긴장하고 이야기를 잘 이끌어나가지 못한다면 그때야말로 당신의 필살기, '한 편 만들기 작전'을 실행에 옮겨야 할 때다.

그가 마땅한 대화 주제를 찾지 못하고 안절부절하다면 당신의 최근 관심사에 대해 먼저 말을 꺼내보자. 그가 다음 데이트 코스를 정해두지 않아 고민하고 있다면 "밖에 나가서 같이 한번 찾아봐요" 라고 말하며 그를 안심시키자. 아직 그가 당신에게 호감이 있는지 아닌지도 알 수 없는 상황에서 도도하고 새침한 모드로 나가는 것은 결코 성공 가능성을 높일 수 없다. 새로 들어간 직장에서 상사와 처음 식사를 할 때처럼 적당한 긴장과 적당한 편안함을 당신이 먼저 만들어줘야 한다. 그래서 상대가 '아, 이 여자는 첫만남인데도 굉장히 편안하네' 라는 생각을 하게 되는 그 순간 그는 그 편안함과 유쾌함을 다시 한 번 맛보고 싶어 당신에게 다음 번 만남의 제의를 하게 된다.

그와의 만남이 중반쯤으로 접어들었을 때는 또 한 번 전략을 바꿔주어야 한다. 단순히 상대방을 편안하게 배려해주는 것만으로는 확실한 메시지 전달이 어렵기 때문이다. 이럴 때는 상대의 마음에 화르륵 불을 지피는 임팩트 있는 행동이 필요하다. 이러한 것을 바로 여우짓이라 한다.

식사를 마치고 약간의 와인을 곁들이면서 그를 은밀한 눈빛으로 바라보라. 그리고 이렇게 물어보라. "아까도 말했지만 그쪽 정말 매력 있어요." "말해 봐요. 솔직히 나 어때요?" "왠지 우리가 계속 만날 것 같은 예감이 들지 않아요? 난 그런데." 이렇게 도발적인 질문은 상대방의 마음속에 확실한 인상을 남기게 마련이다. 소개팅에서 여자들이 흔히 나타내는 새침데기 모드가 아니라 과감하고 도발적인 말을 먼저 건넬 줄 아는 여자, 그런 여자를 거부할 수 있는 남자가 세상에 몇이나 될까?(이때 3장에 나온 제스처를 함께 사용하면 효과는 두 배가 될 것이다) 많은 여자들이 그러한 행동을 잘 할 줄 모른다. 그러니 당신은 먼저 할 수 있다면 당신은 연애 시장에서 다른 여자들보다 우위를 점하게 된다.

도발적인 질문으로 그를 아찔하게 만든 후 밤이 깊어 헤어져야 할 상황이 되었다면 더 이상 시간 끌지 말고 그에게 이제 헤어질 시간이 되었음을 알려라. 애틋한 마음은 표현하더라도 돌아갈 시간이라고 먼저 말함으로써 상대에게 아쉬움을 느끼게 하는 건 당신의 몫이다. 그러나 이때 그냥 유혹만 해둔 상태에서 만남을 마무리한다면 자칫 그가 당신을 부담스럽게 여길 수도 있음을 주의하라. 남자의 입장에서도 당신이 성적인 것만 바라고 연락하는 듯한 느낌이 들 수 있기 때문이다.

따라서 당신은 상대의 부담을 덜어주면서도 은근한 표현으로 다음 번 만남을 기약해야 한다. 정확히 애프터를 신청하는 건 아닐지라도 다음 번 만남에 대한 언질을 주는 것만으로 그의 용기는 두 배가 된다. "다음에 만나게 된다면 더 재미있을 것 같아요"라든지 "오늘이 마지막이면 정말 아쉬울 것 같은데 ○○씨 마음을 모르니까 일단 오늘은 여기서 헤어질게요"라는 식으로 말하는 것이다. 이런 식의 표현으로 당신은 상대의 기회를 빼앗지 않은 셈이다. 호감 표현, 같은편 되기, 도발적인 멘트로 이어지는 3단계 유혹을 다 마쳤다면 겸허한 마음으로 그의 연락을 기다리자. 이렇게 했는데도 당신에게 용기 있게 다가서지 못하는 남자라면 깨끗이 잊으면 그만이다.

TIP.

소개팅남이 당신을 마음에 들어하고 있다는 몇 가지 사인

1. 당신의 과거에 대한 질문보다는 미래에 대한 질문을 더 많이 한다.
2. 당신의 옷차림이나 외모에 대해 최소 두 번 이상 칭찬을 한다.
3. 2차도 자신이 내겠다고 우긴다.
4. 모르는 이야기가 나오더라도 따분해하지 않고 경청해준다.
5. 중간에 전화가 와도 받지 않는다.

신 데 렐 라 의   유 리 구 두 는   전 략 이 었 다

업무상 만난 남자와
깊은 관계가 되고 싶다면

최근 들어 나는 "기자라서 좋은 점이 뭐에요?" 라는 질문을 종종 받는다. 영화 〈악마는 프라다를 입는다〉나 드라마 〈스타일〉에서 잡지 에디터들의 세계를 다루다 보니 이런 질문을 받는 일이 유난히 많아졌다. 그리고 그때마다 내 장난스러운 대답은 늘 똑같다. "이 세상 모든 남자들을 만나볼 수 있다는 거죠. 특히 여기 《코스모폴리탄》에서라면 말이죠." 내 대답을 들은 사람들은 눈을 반짝이며 정말 그렇냐고 되묻는다.

그 질문에 대한 대답은 당연히 '그렇다' 이다. 지금 내 핸드폰에 저장되어 있는 남자 중 70퍼센트 이상은 일하면서 만난 남자들이다. 포토그래퍼, 스타일리스트, 각종 브랜드의 홍보 담당자들, 의사, 금융 전문가, 레스토랑 오너, 교수, 회사 대표, 연예기획사 대표, 변호

리얼 상황, 이렇게 작업하면 백발백중

사, 트레이너, 미술가, 방송인 등 나는 다양한 직업군에 속한 남자들을 만나왔다. 솔직히 고백하자면 그렇게 만나는 다양한 남자들과 쉴 새 없이 '섬싱'을 벌이느라 업계에서 '남자 킬러'로 소문나는 사태가 발생하기도 했다.

그러나 나는 그런 평들에 대해 딱히 항변을 하고 싶지는 않다. 이런저런 연애 경험들이 내가 쓰는 기사를 더욱 풍부하게 해줄 거라 믿기 때문이다. 나는 적어도 내 감정을 두고 그 누구도 속이지 않았다. 그리고 그렇게 만난 남자들과 여전히 서로에게 도움이 되는 관계를 유지하고 있다. 게다가 이렇게 당신에게 업무상 만난 남자와 어떻게 가까워질 수 있는지 그 노하우를 가르쳐줄 수 있게 되지 않았는가. 자, 이제부터 업무상 만나게 되는 세 가지 유형의 남자를 어떻게 사로잡을 것인지 그 방법을 알아보자.

일단 가장 주의해야 하는 유형은 '공은 공, 사는 사' 스타일의 남자다. 이들은 업무적으로 만났을 때 '이 사람이 나를 싫어 하는 건가?'라는 생각이 들 정도로 당신에게 차갑게 굴 수도 있다. 이들은 업무적으로 만난 여자와 특별한 관계로 발전하는 것을 부담스러워한다. 자신의 커리어에 좋지 않은 영향을 끼친다고 믿기 때문이다. 그래서 작업 자체가 쉽지 않다. 그러니 이런 남자에게 섣불리 '여자'로 다가가는 것은 오히려 일을 그르치게 된다.

몇 년 전 만났던 아트 디자이너 선배가 이 경우에 속했다. 그는 유독 여자 기자들에게만 차갑게 굴어서 별명이 얼음왕자였다. 그런 그에게 내가 쓴 방법은 철저하게 업무적으로만 호감을 표시하는 것이었다. 시안을 상의하거나 급히 디자인 작업을 부탁할 일이 있을 때 나는 늘 얼음왕자에게 도움을 요청했다. 여자로서 후배로서의 애교 같은 것은 마음속에 떠올리지도 않았다. 하지만 도움을 요청하고 의견을 구할 때는 그의 업무적 능력에 감탄과 칭찬을 아끼지 않았다. 그후로부터는 미소 섞인 인사를 건네기 시작했다. 다른 기자들이 어려워하며 말 한 마디 제대로 꺼내지 못할 때 나는 감탄과 칭찬으로 조금씩 그의 마음을 열어가고 있었다.

하지만 여기서 끝나면 임팩트가 부족하다. 나는 디자이너들이 모두 극도의 피로를 호소하는 마감 말미에 음료수를 돌리곤 했다. 하지만 여기에는 약간의 전략이 숨어 있었다. 그가 콩다방의 더블샷 메뉴를 유난히 좋아한다는 것을 알았던 나는 다른 디자이너들 책상엔 모두 아메리카노를 놓고, 그의 책상에만 더블샷을 놓았던 것이다. 다른 사람들이 보지 않도록 잘 숨겨두는 것도 잊지 않았다. 공과 사를 구별하는 그가 나의 색다른 서비스를 다른 사람들이 눈치채는 것을 싫어할 거라는 것은 너무 당연한 일이었다.

다음으로는 어떤 식으로든 당신과 자주 마주치는 남자에게 어떻게 어필할 것인지에 대해 대책을 세워야 한다. 복도에서 마주치건 사무실에서 마주치건 아니면 그가 거래처 직원이라서 어쩌다 한번 당신의 사무실에 들르는 상황이건 자주 그의 눈에 띤다면 자칫 당신을 너무 편안하고 새로울 것이 없는 존재로 인식하게 될 수도 있다. 그렇기 때문에 다소 품이 들더라도 그에게 어떤 여자로 이미지 메이킹을 할 것인지 확실히 정해야 한다.

가장 안전한 방법은 바로 '미소'다. 사실 사무실이라는 공간이 별로 웃을 일이 없는 공간이라는 건 누구나 다 아는 사실이다. 그렇다고 해서 당신까지 무표정한 상태로 있다면 절대 작업은 성공할 수 없다. 그를 정말로 유혹하고 싶다면 그가 사무실에서 깨지고 스트레스 받고 못 해먹겠다고 머리를 쥐어뜯는 상황에서도 당신을 보면 유쾌함과 에너지가 저절로 느껴지는 그러한 존재가 되어야만 한다.

물론 처음에는 쉽지 않다. 당신에게도 회사는 그리 만만하고 유쾌한 장소가 아닐 테니까. 하지만 그에게 확실한 미소천사로 어필하는 것만큼 쉽고 정확한 작업 방법도 없다. 그가 서서히 당신의 미소에 중독되고 있다고 상상하자. 그게 어렵다면 그 남자가 아니라 당신 자신의 커리어를 위해서 항상 미소짓는 연습을 해보자. 사무실 내에서 항상 밝은 얼굴을 유지하는 것은 나 같은 연애전문가가 아니라 커리어 전문가들이 이미 수차례 강조해왔던 내용이다.

이게 끝이 아니다. '이만하면 때가 되었다'고 느껴지는 순간 돌연 그의 앞에서 시무룩한 표정을 지어보라. 늘 미소짓던 당신이 갑자기 표정이 안 좋아진 이유에 대해 그는 분명 궁금해할 것이다. 그때 당신은 "좀 힘든 일이 있어서요. 휴… 이따가 밤에 술이나 한잔 할래요?"라고 작업의 클라이맥스에 점을 찍으면 된다. 술자리에서 직장인의 애환을 안주 삼아 술잔을 한 잔 두 잔 기울이다 보면 두 사람 사이는 어느새 가까워져 있을 것이다.

　마지막으로 당신과 아주 다른 분야에서 일하고 있는 남자를 어떻게 공략할 것인지도 생각해보아야 한다. 서로 아주 다른 분야에서 일하고 있지만 우연히 업무적으로 만났을 경우에는 딱히 이야기 소재가 많지 않을 수 있다. 그러다 보니 각자 하고 있는 일에 대한 이야기만 하다가 대화가 단절되는 사태가 종종 일어난다.

　여기에서 아쉬운 사람은 당신이라는 사실을 기억하자. 그와 대화를 할 때 적극적으로 질문하고 그의 관심을 유도하려면 그가 일하고 있는 분야에 대한 일종의 선행학습이 필요하다. 그 분야에서 최근 어떤 일이 일어났고 그가 참여했던 프로젝트는 어떤 의미를 갖는지 그 분야에서 성공한 사람들은 누가 있는지 인터넷의 도움을 조금만 빌린다면 얼마든지 풍부한 정보를 알아낼 수 있다. 누구나 자신이 열정적으로 일하고 있는 분야에 대해 관심을 보이면 신이 나는 법이다.

　조사한 내용을 바탕으로 그에게 이런저런 질문을 해보자. 남자에게 직업은 곧 자기 자신이자 자존심이다. 그렇기 때문에 그의 일에 대한 당신의 수준 있는 질문은 그에게 더할 나위 없는 유쾌한 경험이 될 것이다. 그가 신나게 자기 일에 대해서 말할 수 있도록 하는 데 성공했다면 그 다음으로는 그에게 개인적인 질문을 건네면 된다. 사람은 누구든 자기 자신에 대해서 이야기하게 만드는 사람에게 호감을 느끼는 법이다. 자연스럽게 자신의 사적인 부분에 대해서까지 마음을 열게 된 그는 서서히 당신의 포로가 되어갈 것이다. 이제 당신은 천천히 다가오는 그를 받아들이기만 하면 된다.

　일 때문에 알게 된 남자와 사적인 관계가 되는 것을 두려워하지 마라. 자신만의 틀을 만들어놓고 이것도 안 되고 저것도 안 된다고, 하다보면 자신도 모르게 좋은 인연을 스스로 걸어차는 일이 분명 생길 수밖에 없다. 나처럼 '남자 킬러'까지는 아니더라도 일단 한번 대시해보라.

TIP.

회식 자리에서 쓰면 좋을 몇 가지 대시 테크닉

1. 가장 고전적인 방법으로 그의 근처에 앉아서 꼼꼼하고 여성스럽게 챙겨준다.

2. 캐주얼하고 부담 없는 방법. 다들 은근히 취해갈 무렵 그에게 갑자기 문자를 보낸다. '같이 아이스크림 사러 갔다 올래요?'

3. 도발적인 방법. 그의 옆자리에 앉았을 때 약간 취한 척하다 일어날 때 약간만 휘청하는 연기를 하며 그의 허벅지를 짚는다. 그 순간 그의 마음속에 그대의 이름 세 글자가 아로새겨질지도!

친구에서 연인으로
발전시키고 싶다면

"나 결혼해"

친하게 지내던 친구 L이 갑자기 폭탄선언을 했다. 불과 반 년 전만 해도 괜찮은 남자는 눈을 씻고 찾아봐도 없다며 징징대던 그녀가 갑자기 결혼이라니? 자초지종을 물으니 그녀 왈, 수줍은 미소로 이렇게 대답하는 게 아닌가.

"너도 아는 사람이야. 너의 친구이자 나의 친구이기도 한 K. 사실 그냥 여럿이서 함께 놀 때는 별 생각이 없었고 난 걔가 남자로 보이지도 않았어. 그런데 왜 작년 연말에 우리 셋이 놀기로 하다가 네가 갑자기 급한 인터뷰 잡혔다면서 못 나온 날 있었잖아. 그날 우리 둘이서 술 마시다가 갑자기 불꽃이 튄 거였어. 여럿이 만날 때는 전혀 보이지 않던 그애의 매력이 단 둘이 만나니까 폭발한 셈이라고 해야 하나? 그 이후로 계속 데이트를 했고 너 몰래 좀 많이 만난 거지. 처음에 K가 너 몰래 그렇게 관계를 발전시키는 것에 대해서 부담스럽다고 많이 말하긴 했는데 내가 설득했어. 너와 내가 함께 지내온 시간을 일단 믿어봐라. 우리가 잘 사귀어서 누구보다 끈끈한 커플이 된다면 그건 우리 셋 모두에게 결국 좋은 일이 될 거다, 그렇게 말이야. 진짜 미안해. 그래도 축하해줄 거지?"

절반의 충격과 절반의 기쁨으로 그녀에게 축하인사를 건넸지만 솔직히 나는 아찔한 기분이 들었다. 그녀와 그 사이에 오갔던 화학작용을 연애전문가랍시고 말하고 다니던 내가 먼저 알아차리지 못하다니! 아니 그보다도 이렇게 가까워질 사이였다면 내가 먼저 맺어줬어야 했던 게 아닌가 하는 생각까지 들었다.

사랑보다 멀고 우정보다 가까운 관계. 당신도 혹시 지금 그러한 관계가 있나? 오랜 동창과 결혼을 하게 되었다든지 전혀 남자로 보이지 않던 녀석이 갑자기 남자로 보여 사귀게 되었다든지 하는 후일담은 여기저기서 들려오지만 막상 당신에게는 현실이 될 것 같지 않다고 생각하는 것은 아닌가? 하지만 괜찮은 남자는 눈 씻고 찾아봐도 보이지 않는 이때 어쩌면 당신이 이미 알고 지내던 남자 친구들 사이에서 당신의 진짜 짝을 찾을 수 있는 것은 아닐까? K와 L의 결혼 소식을 듣자 나는 다시금 '사랑과 우정 사이'라는 미묘한 관계에 대해 생각해보게 되었다.

주위에 괜찮은 남자가 없어서 고민인 당신, 일단 눈을 넓혀 보시

라. 별 생각 없이 '이 남자와는 이성으로 만날 일이 없을 거야'라고 단정 지은 남자들이 꽤 있을 것이다. 하지만 당신의 그 판단이 100퍼센트 확실하다고 믿을 만한 근거에 대해 다시 한 번 생각해보라. 외모가 끌리지 않아서, 혹은 당신의 비밀을 너무 많이 알고 있어서, 혹은 이성적으로 '필'이 오지 않아서일 가능성이 크다. 그런데 당신도 생각하듯 괜찮은 남자 찾기란 정말 힘든 세상이다. 꺼진 불도 다시 보듯 당신이 자의적으로 '제쳐둔' 인연에 대해서도 한 번쯤 재고해보는 노력이 절실한 상황이다.

적당한 대상을 물색했다면 이제부터 행동방식을 세워야 할 때다. 1단계로 시도해볼 수 있는 방법은 일단 빠져나올 구멍을 만들어놓고 가벼운 작업을 시작하는 것이다. 사실 당신이 그를 그저 친구로만 인식했다는 건 그 역시 마찬가지라는 뜻이다. 즉 당신이 괜히 작업을 했다가 우정마저 잃어버리는 것 아닌가 하는 부담을 갖는 것처럼 그 역시 같은 부담을 느낄 가능성이 높다는 뜻이다.

이럴 때 눈에 보이는 작업을 했다가는 오히려 일을 그르치기 십상이다. 반쯤 발을 넣었다가 다시 반쯤 뺐다가 이런 느낌으로 작업인 듯 아닌 듯 그를 혼란스럽게 만들어야 한다. 이를테면 여러 명의 친구들끼리 여행을 떠났을 때 둘이서 장을 보게 되었다면 그에게 "이러니까 우리 부부 같은데? 이참에 뽀뽀나 한번 할까?"라며 짓궂은 농담을 건넨다거나 함께 시내를 돌아다니고 있는데 아는 사람을 만났다면 "제 남자친구예요. 잘생겼죠? 하하 사실은 친구인 남자에요"라고 그를 소개하고 잠시 후에 그에게 "그냥 너 내 남자친구 할래?"라고 장난치듯 말해야 한다. '친구끼리 뭐 어떠냐' 며 두 사람만의 1박2일 여행을 제안해 분위기를 몰고 간다거나 갑자기 섹시한 차림으로 나타나는 방법을 함께 써도 좋다. 작업하는 것인지 아니면 그저 장난일 뿐인 것인지 그가 헷갈리게 만들었다면 1단계는 성공이다.

다음 단계는 그의 믿음직스러운 상담자가 되는 것이다. 남자들은 늘 씩씩해야 하고 누군가를 책임져야 하며 항상 남자다워야 한다는 생각에 시달리는 존재들이다. 단지 남자라는 이유만으로 여자 앞에서 늘 강인하게 보여야 하는 부담감을 안고 있는 것이다. 하지만 그와 처음부터 친구 사이로 만났다면 적어도 당신에게만은 이런 부담감을 적게 느끼고 있을 가능성이 크다.

바로 이 부분을 이용하라는 것이다. 오히려 당신이 그의 상담자가 되어서 그가 가장 힘들어하는 부분이 무엇인지 그리고 그가 정말로 인생에서 추구하고자 하는 가치가 무엇인지 정확하게 들어보고 그 해답을 내려주는 존재가 되는 것이다. 남자들은 생각보다 훨씬 나약하다. 따라서 당신이 진심으로 그의 상황에 대해 도와주고 있다는 느낌을 준다면 그는 생각보다 훨씬 빠른 속도로 마음을 열게 된다.

그러나 여기에서 한 가지 주의할 점. 남자인 그에게 고민 상담을 해줄 때는 여자끼리 할 때와는 달라야 한다. 여자는 고민이 있을 때 상대방이 "저런, 힘들었구나"라며 동조와 동감을 해주는 것만으로 위로를 받지만 남자들은 구체적이고 현실적인 해결책을 제시해주는 것을 진짜 상담이라고 생각한다. 그러니 친구인 그의 마음을 뺏을 수 있을 정도로 제대로 된 카운슬링을 해주고 싶다면 적어도 당신이 그의 고민거리가 무엇인지 정확히 파악한 후 그 분야에 대해서 준전문가 수준으로 갖가지 지식과 정보를 습득해놓아야 한다. 관련 서적을 미리 독파하는 것도 좋다. 이러한 시간들이 쌓이다보면 그는 자연스럽게 당신을 자신의 인생에 꼭 필요한 사람으로 인식하게 될 가능성이 높다.

이제 3단계로 넘어가자. 이제는 그를 설득할 시간이 왔다. 오랜 친구 사이에서 연인 사이로 관계가 변한다는 것은 여전히 부담스러운 일이다. 그럴수록 당신이 그에게 더욱 설득력 있게 다가가야 한다.

"오랜 시간 친구로 지내오면서 우리는 서로를 정말 잘 이해하고 배려하는 사이로 잘 지내왔다고 생각해. 그런데 연인의 가장 기본 조건도 바로 이렇게 서로를 이해하고 배려하는 게 아닐까. 너와 나는 좋은 커플이 될 가능성을 이미 갖고 시작하는 거야"라거나 "우리 둘이 연애를 하다가 설사 깨지더라도 그 점에 대해서는 너무 걱정하지 마. 우린 너무 좋은 친구 사이였으니까 다시 좋은 친구 사이로 돌아갈 수 있을 것 같거든." 이런 식으로 그를 설득해야 한다. 당신의 생각을 진심으로 그에게 표현하자. 당신은 그저 그의 감정을 구걸하는 것이 아니라 당신이 옳다고 생각하는 것을 만들어가려고 노력하고 있을 뿐임을 기억하라. 그래야 이 과정이 당신에게도 너무 힘들지만은 않은 과제가 될 수 있을 것이다.

당신과 그가 지금까지 친구로 잘 지내왔다는 사실은 연인으로도 잘 지낼 수 있다는 명제의 충분조건까지는 아니더라도 필요조건은 만족한다. 3단계 작전을 다 마치고도 그의 마음이 움직이지 않는다면 좀 더 시간을 갖고 그의 마음이 움직이도록 다양한 작업을 지속해보자. 친구 관계로라도 지속적인 만남의 기회를 가질 수 있다는 것은 분명 좋은 작업 조건이다.

TIP.

다음과 같은 증상을 보였던 이성 친구라면 그냥 OUT시킬 것!

1. 배려심이라고는 눈곱만큼도 찾아볼 수 없었던 친구. 갑자기 약속을 취소해놓고도 사과 한마디 없이 '친구 사이니까 이해해' 라는 식으로 나왔다면 아웃. 나중에는 '애인 사이이니 이해해' 라는 말로 넘어갈 유형이다.

2. 당신의 연애사를 너무 속속들이 알고 있는 친구. 남자들의 '그런 점은 이해해' 라고 하는 말을 설마 모두 믿는 것은 아니겠지? 당신의 연애사가 복잡했을수록 그것을 그가 많이 알고 있다면 많이 알고 있을수록 그는 당신의 짝으로는 적절치 않다. 그가 아무리 쿨가이라도 결국에는 뒷말만 무성할 뿐이다.

3. 자기가 연애 중일 때는 연락이 없다가 연애가 끝나면 연락하는 친구. 당신은 그에게 진짜 친구가 아니다. 그저 심심풀이의 대상일 뿐이다. 그런 그와 진지한 관계로 가기까지 당신은 얼마나 많은 노력을 기울여야 할까? 차라리 다른 상대를 고르는 편이 낫다.

신데렐라의 유리구두는 전략이었다

연하남에게 내 매력을 어필하고 싶다면

"20대 남자들은 20대 여자를 가장 좋아하죠. 그런데 30대 남자도 20대 여자를 좋아해요. 그렇다면 40대 남자는 어떤 나이대의 여자를 가장 좋아할까요? 네, 맞습니다. 그들도 20대 여자를 좋아해요." 방송과 강연 활동으로 바쁜, 또한 나의 취재원이기도 한 연애전문가 M이 이렇게 말했다. 뭐, 틀린 말은 아니다. 이른바 생물학적 노화가 시작되는 경계선이 바로 스물다섯이라고 하니 20대의 젊음이야말로 인생에서 가장 아름다워 보이는 시기가 아니겠는가. 남자들이 이 지점을 놓칠 리가 없다.

하지만 이런 이야기를 듣다보면 기분이 썩 유쾌하지만은 않다. 여자는 20대가 지나면 남자들의 관심권에서 멀어지게 되어 있으니까 30대가 되기 전에 남자를 잡아놓지 않으면 안된다는 경고를 듣는 것 같기 때문이다. 하지만 이렇게 듣고 싶지 않은 이야기를 한 귀로 듣고 한 귀로 흘릴 수 있는 경우도 있다. 나의 적지 않은 나이가 오히려 그에게 장점으로 작용할 수 있는 경우가 그렇다.

연하남을 만나는 게 마치 트렌드처럼 여겨지기도 했지만 실제로 주위에서 연하남과 사귄다는 소리는 듣기 힘들다. 간혹 한두 살 정도 차이가 나는 커플은 봤지만 네다섯 살 이상 차이가 나는 경우는 정말 보기 힘들다. 대학생 때는 몇 살씩 차이가 나도 남녀 모두 20대지만 사회에 나오면 연상녀란 결국 서른을 넘긴 경우가 많기 때문일까? 하지만 이렇게 단순히 나이 탓으로만 돌린다면 결국 M의 말처럼 여자는 나이로 분류될 수밖에 없다. 나처럼 그 의견에 동의를 할 수 없다면 나이를 장점으로 삼아 연하남을 유혹해보자.

연하남 유혹하기 테크닉에서 잊지 말아야 할 키워드는 바로 '나이' 다. 연하남에게 작업할 때 여자들이 저지르는 잦은 실수는 바로 나이에 관한 부분이다. 남자보다 나이가 많다는 콤플렉스를 스스로 안고 시작한 탓에 지나치게 어려 보이려다가 분위기만 어색하게 만들거나 '내가 나이가 몇인데' 라며 나이에 관한 이야기를 스스로 자주 꺼내서 그를 질리게 만들기도 한다.

위의 두 가지 태도는 모두 남자들을 당황스럽게 만드는 주제다. 정작 본인은 나이를 별로 신경을 안 쓰고 있는데도 여자가 자꾸 나이 이야기를 꺼내면 그는 "역시 연상녀는 안 되겠어"라고 생각해버릴 수 있다. 대화 주제만 문제가 되는 것은 아니다. 그의 앞에서 지나치게 어려 보이려고 애교를 부린다거나 어울리지도 않게 앳된 메이크업과 스타일링을 하는 경우에도 연하남은 당황한다. 여기서 기억해야 할 것은 당신은 그냥 본래의 당신 스타일을 찾으면 그것으로 충분하다는 것이다. 연하남이 또래나 연하녀가 아닌 당신과 잠시라도 시간을 함께 보내고 있다는 것은 당신에게 기본적인 매력이 있기 때문임을 잊지 말자. 그에게 맞춰 스타일을 확 바꾸려고 한다면 이미 당신이 갖고 있던 당신만의 매력은 사라지는 것이다.

연하남의 마음을 사로잡을 수 있는 두 번째 테크닉은 바로 '파워'다. 일단 연하남이 연상녀에게 무엇을 기대할 것인지에 대해 한번 생각해 볼 필요가 있다. 연하남은 자기보다 나이가 적은 여자를 만났을 때 자신이 리드하는 것에 대해 은근히 부담을 느끼는 경우가 많다. 신경을 많이 쓰지 않고도 즐거운 데이트를 하고 싶고 주는 것보다는 받는 게 많았으면 좋겠다고 생각하는 타입들이 많다는 것이다. 그런데 여기서 마치 그에게 연하녀인 것처럼 애교나 부리고 있다면 어떻게 될까?

그가 당신에게 기대하는 것은 일종의 '파워'다. 이는 단순히 데이트를 할 때 유연하게 리드하는 것만을 의미하지는 않는다. 당신이 그를 만났을 때 단순히 재미있는 말상대가 되는 것을 떠나 대화 주제를 멋지게 이끌어나갈 수 있거나, 당신의 인맥을 통해 그에게 작은 도움을 줄 수 있거나 그가 잘 알지 못하던 내용에 대해 정보를 제공해줄 수 있거나 하는 등을 모두 포함하는 개념이다. 단순히 그저 즐거운 데이트를 하는 것을 떠나 그에게 실질적인 도움을 주자. 그것이 바로 두 번째 테크닉의 핵심이다. 그러니 일단 연하남에게 대시를 하기 전, 내가 그에게 어떤 도움을 줄 수 있을지 나의 파워에 대해 체크해보자.

하지만 혹시라도 이 때문에 이용만 당하는 건 아닌지 두려워하지는 말았으면 좋겠다. 어차피 연애란 순수하고 애잔한 사랑의 감정만으로 이루어지지는 않는 법이다. 두 사람이 주고받는 교환가치가 맞아떨어질 때 연애 관계도 성립된다. 상대보다 더 많은 나이가 핸디캡일 수 있다는 것을 이미 알고도 시작한 일이다. 그러니 당신이 지레 겁부터 먹는다면 구더기 무서워 장 못 담근다는 속담을 온몸으로 실천하는 셈이 된다.

세 번째 테크닉은 그가 당신을 만났을 때 '어린애'가 아니라 '당당한 남자'로 느껴지도록 만드는 것이다. 연하남을 만났을 때 빠지기 쉬운 함정이 자꾸만 그를 어린애처럼 바라본다는 것이다. 하지만 세상의 그 어떤 남자도 여자가 그런 식으로 바라보는 것을 유쾌하게 받아들이지 않는다. 그러니 작업할 때부터 '남자'로 보이고 싶은 그의 욕구를 존중해줄 필요가 있다. 가장 쉬운 방법은 그에게 가끔씩 나약한 모습을 보여주면서 그에게 도움을 요청하는 것이다.

네 살 연하의 직장 후배에게 관심의 화살을 날리고 있던 내 친구 K의 고민은 어떻게 하면 그에게 선배가 아닌 여자로 다가갈 수 있을 것이냐였다. "지금 가장 중요한 건 네가 두 개의 멋진 얼굴을 갖는 거야. 선배로서 그리고 여자로서. 일할 때는 선배로서 친절하면서도 카리스마를 잃지 않도록 조심해야 해. 선배가 애교떨면 코미디겠지? 선배가 후배 앞에서 갈팡질팡하는 건 더 코미디겠지? 일할 때는 최대한 멋진 모습을 보여줘. 하지만 필요 이상으로 '선배 노릇'을 하지는 마. 그를 가르치려 하거나 독점하려고 하지 말고 너의 멋진 모습을 그가 잘 볼 수 있도록 하라는 거지. 그리고 나서 둘만의 시간을 잘 만들어보는 거야. 그를 너와 같은 프로젝트에 들어오게 한 다음 둘만의 야근이나 회식 시간을 가져보는 거지. 회사 일에 대한 내용하고 개인적인 내용들이 묘하게 겹치는 시점이 분명 올 거야. 그땐 부담스럽지 않은 수준에서 네 고민을 털어놔봐. 그리고 어떻게 하면 좋겠냐고 해결책을 물어보는 거지. 이런 식으로 그를 너의 조력자 혹은 연하의 멘토로 만들어가는 거야. 그런데 해결책을 물어만보고 행동을 안 하면 안 되겠지? 반드시 그가 내놓은 답변대로 실천하고 나서 그 후에 고맙다고 인사를 해야 해. 이렇게 두 얼굴 작전을 지속적으로 잘 펼친다면 그는 서서히 너에게 넘어오게 되어 있어." 난 그녀에게 이렇게 충고했고 결국 그녀는 몇 주 뒤 내 앞에 그의 손을 잡고 나타났다.

연하남을 사귄다는 것, 그들의 마음을 얻는다는 것은 그렇게 단순한 일이 아닌 것만은 확실하다. 당신이 나이만으로 당신보다 나이 많은 남자들에게 싸움에서 이기고 들어가는 것처럼 반대의 상황에서는 그만큼 불리하기 때문에 더욱 머리를 굴려야 한다. 하지만 당신이 원하는 남자가 누구건 성공 여부는 어떤 식으로 다가가느냐에 달려 있다. 그가 당신에게 원하는 것이 무엇인지, 나는 그에게 어떤 존재로 다가가는 것이 좋을지 다시 한 번 깊이 생각해보고 전략을 세워보자. 그의 보송보송한 얼굴을 생각하면서 말이다!

연하남과 데이트할 때 절대로 하지 말아야 할 NG 대사

1. **"어머, 우리 땐 안 그랬는데"**
   그에게 할머니처럼 보이고 싶은 게 소원이라면 이런 대사를 계속 반복할 것. 세 번 이상 하면 그는 당신을 더 이상 여자로 보지 않을 것이다.

2. **내용을 막론하고 혀 짧은 소리**
   당신이 평소에 쓰던 말투에서 크게 벗어나지 말 것. 연상녀의 혀 짧은 소리처럼 그를 당황하게 하는 것도 없다.

3. **"내가 나이가 많아서 이러는 거야?"**
   데이트 도중 은근히 불쾌한 상황이 벌어졌다고 해도 이런 말은 절대 하지 마라. 그에게 "응"이라고 대답할 기회를 주는 것과 마찬가지일 뿐.

한 번 헤어졌던 남자와
다시 잘해보고 싶다면

"나이를 먹을수록 정말 괜찮은 남자를 찾기 힘들어요. 정말 어른들 말대로 쓸데없이 눈만 높아져서일까요? 아니면 다른 이유가 있는 걸까요?"

30대 여자들의 연애 고민에 대한 취재를 하기 위해 만났던 평범한 직딩녀 P가 내게 하소연을 했다. 연애를 쉰 지 3년 이상 지나면 연애 세포가 죽는다는 웃지 못할 이야기도 있지만, 그녀는 그렇다고 연애 경험이 적은 편도 아니었다. 매력적인 외모에 남자들이 좋아할 만한 센스도 두루 갖추고 있는 그녀였기에 대시도 수차례 받은 경험이 있는 상태였다. 이유가 무엇이었을까? 이럴 땐 이유는 한 가지다. 적어도 헤어진 연인보다는 괜찮은 남자를 만나지 않으면 안된다는 생각, 이른바 본전 생각이 너무 강하게 자리잡고 있는 탓에 자꾸만 새로운 남자를 거부하게 되는 것이다. 벌써 2년째 적당한 남자를 못찾고 있다는 그녀에게 연애를 가로막는 가장 큰 원인은 다름 아닌 그녀의 과거 남자들이었던 셈이다. 그렇게 본전 생각은 새로운 연애 라이프를 만들어 가는 데에 결코 좋은 영향을 주지는 않을 가능성이 다분하긴 하지만, 이런 생각을 하는 것 자체를 두고 누구도 뭐라할 수는 없다. 그녀들은 단순히 과거에 사로잡혀 있는 것이 아니라, 적어도 아무 이유없이 눈을 낮출 수 없다고 생각하는 것 뿐이니 말이다. 그리고 예전 남자보다 별로인 남자를 만나면서까지 연애란 걸 계속 할 이유가 없다고 믿는 것이 잘못된 것도 아니다.

그런 의미에서 이번에 제안하는 기술은 예전에 헤어졌던 남자와 다시 만남을 갖고 싶을 때 써야 하는 방법들에 대한 것이다. 과거의 연인에게 술먹고 전화해 "아무리 생각해도 너만한 남자는 없는 것 같아~"라고 말하는 방법 따위를 말하는 게 아니다. 한 번 헤어진 연인과 다시 만나는 데는 분명 더 많은 노력이 필요하며, 그 노력에 제대로 된 전략이 없다면 결국 다시하지 않느니만 못한 결과가 나올 것이다. 과거에 공유한 기억이 없던 사이라면 작정하고 이미지 메이킹을 하는 것도 가능하겠지만, 어떤 이유로든 헤어졌던 사이를 다시 붙인다는 건 분명 쉽지 않은 일이다.

일단 그가 당신에게 먼저 헤어지자고 한 경우에 대해서 먼저 짚고 넘어가야 할 것 같다. 이런 경우라면 솔직히 그에게 다시 작업을 하는 것을 말리고 싶다. 당신이 아무리 대단한 전략을 세운다고 해도 그는 쉽게 마음을 돌리지 않을 것이기 때문이다. 헤어진 연인에게 그나마 따뜻한 태도로 대할 수 있는 건 남자 쪽이라기 보다는 여자 쪽에 어울리는 일이다. 수년간 남자들의 사연을 취재한 결과, 남자들은 자기가 헤어지자고 해서 헤어진 여자에게 다시 연락이 오면 가장 먼저 드는 생각이 '나와의 섹스가 그리운 건가?' 라고 한다. 그 다음은 '다른 남자랑 사귀다가 차였나보지?' 정도다. 자기가 원해서 헤어졌을 때, 여자들은 일말의 미안함이나 또 다른 가능성을 마음 속에 담아두는 경우가 종종 있지만 남자들은 그런 경우가 극히 드물다. 그러니 그런 생각을 할 수밖에. 헤어지자는 말을 듣고도 다시 연락할 수 있는 여자에게 남자들은 많은 것을 기대하지 않는다. 그가 먼저 헤어지자고 말했다고 하더라도 그가 다시 만나자고 하는 경우라면 예외가 될 수 있겠지만, 이미 그 스스로 포기한 관계에 대해 그가 다시 한 번 생각해줄 수 있을 거라고 생각한다면 그건 당신의 착각일 수 있다. 그래도 꼭 한 번 연락을 해보고 싶다면 정말 단 한 번의 짧은 전화로 충분하다. "얼굴 한 번 볼래?" 그 정도의 말이면 충분하고 또 충분할 것이다. 별다른 리액션이 없다면 절대 두 번 다시 연락하지 말길 바란다. 두 번 이후의 연락부터 당신은 그에게 스토커 그 이상도 이하도 아닌 존재가 되어버릴 테니 말이다.

　　그나마 가능성이 높은 경우는 당신이 먼저 헤어지자고 했을 경우다. 남자는 미련의 동물이다. 자기가 최선을 다하지 못한 인연에 대해서 여자들보다 훨씬 더 많은 미련을 갖고 있다. 어쩔 수 없는 이유로 당신이 그에게 헤어지자고 말했고, 만약 지금 그 결정을 후회하고 있다면 당신 손으로 다시 시작하는 것이 그나마 수월할 수 있다는 것을 다행으로 여기자.

그럼 이때 어떤 식으로 접근하는 것이 좋을까? 일단 당신의 마음이 확실하게 정해졌다면 그에게 최대한 자연스럽게 연락하는 것이 관건이다. 술을 먹고 취한 상태에서 전화해서 본심을 의심받을 필요도 없고, 당신이 그 없이도 잘 지내고 있었다는 것을 강조하기 위해서 일부러 그의 앞에 한껏 치장하고 나타날 이유도 없다. 가장 중요한 것은 그가 당신으로 인해 받았을 상처를 당신이 얼마나 복구해줄 자세가 되어 있는지를 그에게 이해시키는 것이다.

그러니 그와의 첫만남은 그런 당신의 마음에 대해 최대한 성의껏 전달하는 자리가 되어야 한다. 그런 첫만남은 그에게 갑작스러울수록 효과가 크다. 그에게 문자를 남기고, 전화를 걸고, 그 후에 만남을 약속하는 식으로 천천히 다가가는 방법을 사용하지 않아도 좋다. 미리 연락을 하게 될 경우 그는 당신의 연락 자체를 부담스러워할 수도 있고, 속으로는 반갑더라도 체면상 혹은 남자의 자존심상 당신을 거절하는 액션을 보일 수도 있기 때문이다. 그에게 생각할 여유를 주지 말자. 당신은 그의 동선을 이미 파악하고 있을테니, 그가 나타날 만한 장소에 대기하고 있다가 그에게 당신의 진심을 전달하는 것이 더 나은 방법이다.

그와의 도킹에 성공했다면 그 후에는 아주 깔끔하게, 당신의 판단 미스를 인정하고 다시 만나는 것이 어떻겠냐고 제안하는 것이 좋다. 그는 당신에게 이미 한 번 거절당한 남자다. 애초에 직선적인 대화에 더 익숙한 것이 남자란 존재다. 게다가 당신에게 한 번 상처받은 그가 당신이 빙빙 돌려가며 하는 이야기를 들어줄 참을성이 있다고 생각한다면 그건 당신이 너무 큰 과욕을 부리는 것이다. 이때 전해야 하는 메시지는 딱 두 가지 뿐이다. 첫째, 경솔하게 판단해 상처를 준 것에 대해 미안하다. 그리고 둘째, 다시 한 번 기회를 만들어보면 좋겠다, 이 정도면 충분하다. 이때 '다른 남자를 만나봤지만 너만한 남자가 없더라' 식의 이야기만은 절대 농담으로라도 하지 말자. 이런 말들은 그로 하여금 먹다 버린 껌같은 기분이 들게 할 것이다. 그의 자존심에 두 번 상처를 주고 싶다면 또 모르겠지만 절대 이런 말은 하지 말자. 다른 남자와의 비교 멘트는 피하되, 그의 존재가 얼마나 당신에게 의미가 있는지에 대해서만 다이렉트하게 당신의 뜻을 전달해야 한다.

이런 이야기를 나눈 후에 계속 앉아 있기도 어색하고, 그렇다고 같은 이야기를 반복할 수도 없는 노릇이라면 그에게 넌지시 "너에게 이 말을 꼭 하고 싶었다"며 최근 있었던 일 중에서 가장 힘들었던 일에 대해 조언을 구하는 것도 괜찮은 방법이다. 남자들은 여자에게 어떤 식으로든 도움을 주는 것에 자부심을 얻고 또 용기백배해지게 마련이다. 그러니 오랜만에 만난 당신이 조언을 구하고 이 포인트에서 대화가 잘 진전된다면 그와의 재결합은 순식간에 이뤄질 수도 있다.

이렇게 간략한 상황 설명이 끝난 후에는, 그에게 대답을 재촉하지 말자. 당신은 단 한 번의 만남 이후에 모든 판단을 그에게 맡겨야한다. 헤어지자고 한 것도 당신이고, 다시 만남을 제의하고 있는 것역시 당신이다. 이런 상황에서 재촉까지 한다면 그는 관계의 주도권을 완전히 빼앗긴 듯한 무기력한 느낌에 빠지게 될 것이다. 그는 뭔가 똑같은 불행을 반복해서 겪게 될 것 같은 두려움에 빠지게 될지도모른다. 느긋한 마음으로 그의 판단을 기다려라.

이때 그에게 어떻게라도 당신의 의사를 전달하고 싶다면, 이제부터는 갑작스러운 등장보다는 정성스럽게 쓴 한 통의 메일이 차라리 그의 마음을 움직이기에 쉬운 방법이 된다. 당신이 생각하는 이상적인 연애에 대해, 그리고 사귀면서 있었던 당신의 고민이 이별 후에어떻게 해결되었는지, 앞으로 당신이 연애를 하면서 어떤 부분을 개선하고 싶은지에 대해 최대한 복잡하지 않은 표현을 통해 그에게 메일로 보내라. 그는 당신의 제안이 단순히 외로워서 한 것이 아니라는사실을 깨닫게 될 것이고, 그렇다면 당신의 제안이 받아들여질 가능성도 더불어 커지게 된다.

그리고 나서 남은 것은 그와 짧은 시간일지라도 예전처럼 데이트를 하는 것 같은 상황을 만드는 것뿐이다. 둘이서 가장 행복한 추억을 만들었던 곳에 다시 찾아가라. 하지만 예전에 얼마나 좋았었는지에 대해 굳이 이야기를 나눌 필요는 없다. 좋았던 추억은 이미 그와 당신의 머릿속에 남아 있으니, 그 추억의 장소에서 당신은 앞으로의 미래에 관한 이야기만 풀어놓으면 된다. 그로 하여금 자꾸만 과거의 추억에 매달리는 듯한 인상을 주면 오히려 실패할 수 있다. 앞으로 그와 함께 미래를 보내고 싶고, 두 사람의 관계가 어떻게 되었으면 좋겠다는 이야기를 반복하는 것이 그에게는 일종의 세뇌 효과가 있다는 것을 기억하라.

TIP.

다시 연락하지 않는 것이 차라리 나을 네 가지 남자 유형

1. 당신이 힘을 들여서 딱히 만날 이유가 없는, 객관적으로도 별로인 남자. 당신의 판단력을 신뢰할 수 없다면 그냥 당신의 절친에게 허심탄회하게 물어보라. 다들 솔직하게 대답해 줄 것이다.

2. 당신을 다시 만난 첫날, 섹스하자고 하는 남자. 헤어짐의 상처가 섹스로 극복된다면 얼마나 좋을까. 하지만 그는 단지 섹스만을 위해 당신의 제의를 받아들였을 가능성이 높다. 제발, 속아 넘어가지 말길. 그냥 새로운 섹스파트너를 구하는게 낫지 않을까.

3. 당신이 도저히 이해할 수 없는 치명적인 단점을 갖고 있던 남자. 그가 치명적인 단점을 100퍼센트 극복했다는 확신이 없다면 결국 똑같은 악순환을 반복하게 될 뿐이다.

4. 싸우면서 서로의 바닥까지 드러낸 적이 있는 남자. 다시 만난다는 건 결국 다시 싸우는 일이 생긴다는 걸 의미한다. 한 번 바닥을 드러냈다면 두 번 드러내게 된다는 뜻이고, 결국 당신 둘은 두 번 이별하게 될 것이다.

독신주의 남자와
결혼하고 싶다면

"내 꿈이요? 또 그 질문이군요. 그러는 정은씨 꿈은 뭔데요? 아이 낳고 남편하고 잘 사는 거? 남들처럼 어엿하게 사는 거? 그 다음엔 뭐가 있는데요? 그렇게 살아서 남는 게 뭔데요? 난 그런 거 정말 흥미 없어요."

올해의 가장 섹시한 남자를 찾는 칼럼을 취재하기 위해 만난 아티스트 S는 내게 성난 얼굴로 이렇게 물었다. 취재 후에 술자리에서 그는 이런 질문은 이제 그만 듣고 싶다며 거나하게 취한 얼굴로 내게 이렇게 되묻기 시작한 터였다. '아, 난 그저 꿈에 대해서 물어봤을 뿐인데 이런 반응을 어떻게 이해해야 하는 건지' 혼란스러웠다. 곰곰이 생각해봤다. 서른일곱의 꽉 차다 못해 이미 넘쳐버린 나이에 지나가던 여자들도 혹할 정도의 준수한 외모와 전도유망한 커리어까지,

생각해보면 그에게 얼마나 많은 사람들이 지금까지 그에게 꿈에 대해 물어보면서 왜 결혼하지 않는 거냐고 물었을까. 대충 짐작이 가기도 했다.

사랑의 결실이 결혼이라고 믿는 여자에게 독신주의 남자는 이를테면 절대 열리지 않는 철옹성과도 같은 존재다. 세상에 그토록 많은 사람들이 결혼하고 아이 낳고 평범하게 사는 인생에 대해 별다른 토를 달지 않고 살아가건만, 하필이면 내가 점찍은 그 남자가 '결혼은 남 얘기'라며 당신의 말은 들은 척도 하지 않는다는 건 마치 몹쓸 저주처럼 느껴지기도 할 것이다.

아무리 사랑하는 사이라도 작은 습관 하나도 바꾸기가 힘이 드는 법인데 자기는 태어날 때부터 독신주의라며 온몸으로 결혼 제도를 거부하는 남자를 어떻게 해야 할까? 어쩌면 이 책에서 다룬 여섯 가지 남자 유형 중 가장 난공불락의 상대라고도 해도 과언이 아닐 것이다. 이건 단순히 그의 상태가 아니라 그의 가치관에 관한 문제가 결부되어 있기 때문이다.

독신주의 남자를 공략할 때 절대 빠져서는 안 되는 함정은 당신이 결혼에 목맨 여자처럼 구는 것이다. 독신주의자 중에서도 특히 남자들은 결혼에 목맨 스타일의 여자를 기피 대상 1호로 생각한다. 그들은 결혼에 목맨 여자를 결혼을 종용하는 부모님 세대의 인물이나 마찬가지로 인식하기 때문에 이 함정에 빠지는 순간 당신은 그에게서 일단 '아웃'이 되어 버린다는 것을 유념하라. 그러니 방법은 하나다. 그가 확실한 독신주의자로 판명되었다면 절대 결혼에 관한 이상적인 이야기를 꺼내지 말자. 일단 현재 그와의 관계에 최대한 집중해 당신이라는 여자를 매력적인 존재로 포장하는 것만 신경 쓰자.

그런 다음 만약 그가 결혼에 대한 생각을 당신에게 넌지시 묻는다면 그때는 '아직 생각을 정하지 못했다'며 은근슬쩍 발을 빼는 것도 나쁘지 않다. S가 그랬듯 "당신의 꿈은 뭔데요"라고 물었을 때 "남편이랑 아이 둘 정도 낳고 예쁘게 집 꾸미는 거요"라고 대답하면 절대 안 된다는 이야기다. 혹시 그렇게 대답했다고 하더라도 절대로 그가 생각하는 독신 생활에 대해 비난이나 반대 의사를 펼치는 것은 금물이다. 이미 독신주의자라는 이유만으로 수없이 많은 사람들에게 '별난 사람'이라는 시선을 받았을 그가 당신의 설득을 들어야 할 이유가 조금이라도 있다고 생각한다면 그건 당신의 오만이다.

독신주의자를 잡고 싶을 때 당신이 잊지 말아야 할 또 한 가지는 반드시 느긋하게 굴어야 한다는 것이다. 독신주의자들 중에는 정말로 뼛속까지 독신주의인 남자들도 있지만, 일단 상대 여자의 '간을 보기 위해서' 혹은 '싱글 생활을 최대한 길게 즐기고 싶어서' 독신주의자인 척하는 남자들도 상당수 있기 때문이다. 이런 남자들이라면 당신이 급하게 굴수록 스스로 가치를 떨어뜨리는 셈이다. 반대로 당신이 느긋하게 굴면 굴수록 당신에게 좀 더 관심을 갖게 된다.

'잡힌 고기에는 떡밥을 안 준다'고 생각하는 것이 남자들이듯 독신주의를 겉으로라도 표방하는 남자들의 경우 애초에 잡힌 고기처럼 구는 여자들과 엮이는 것 자체를 부담스러워 하는 경우가 많다. 그들은 언제든지 떠나갈 것처럼 행동하는 여자, 다른 남자들이 호시탐탐 노리는 여자에게 더 큰 매력을 느낀다.

하지만 잊지 말아야 할 포인트는 결국 독신주의자도 남자일 뿐이라는 것이다. 그래서 이런 남자일수록 경쟁심을 은근히 부추기면 그 방법이 먹혀들 소지가 크다. 그의 주변에 때때로 나타나면서 당신이 만나는 남자가 단지 그 남자 혼자만이 아니라는 사실을 대화 속에서 슬쩍 드러내라. 그는 묘한 경쟁심을 느낄 것이고 당신을 독점할 수 있는 방법에 대해 생각하게 될 것이다.

여기서 잊지 말아야 할 한 가지는 그에게서 정식으로 데이트 신청이 올 때까지 그에게 절대로 "토요일에 시간 있어요?"라는 식으로 물어보지 말라는 것이다. 차라리 우연을 가장해 그가 자주 찾는 공간에서 마주친다거나 뭔가 도움을 요청한다거나 업무적인 이유로 그를 만날 수밖에 없는 공적인 상황을 만들어라. 정식으로 데이트를 요청하는 순간 그는 부담을 느낄 것이고 당신은 그에게 어쩔 수 없이 잡힌 고기로 인식될 수밖에 없다. 쉽게 가려고 하면 할수록 그는 당신에게 잡히지 않으려고 안간힘을 쓰게 된다.

만약 그 독신주의 남자를 절대로 놓칠 수 없다면 다소 위험 부담은 있지만 이런 방법을 써보는 것도 좋다. 그에게 동거에 대해 언급하는 것이다. 독신주의자들이 두려워하는 것은 누가 자신의 생활권으로 들어오는 것 자체라기보다는 사회가 정한 규율 안으로 들어가서 뭔가 의무적인 삶을 살아야 하는 것이다. 그런 남자라면 결혼은 끔찍이도 싫겠지만 동거에 대해서는 별다른 거부감을 느끼지 않을 확률이 높다. 그러므로 그의 마음을 일단 얻고 싶다면 당신 스스로 동거에 대해 지나치게 금기시하는 것은 일단 금물이다. 오히려 세상에는 다양한 삶의 방식이 있다는 사실을 당신이 먼저 그에게 해주는 것이 좋다.

자신은 '열린 사람'이고 수많은 결혼 지상주의자들은 '닫힌 사람'으로 나누려는 습성이 있는 독신주의자들에게 몸소 이런 태도를 보여준다면 마음을 열기가 훨씬 수월하다. 동거 중인 커플을 만나 더블 데이트를 한다든지 동거에 관한 토론을 하는 것도 괜찮은 방법이다. 좀 위험 부담이 크긴 하겠지만 그가 당신에게 조금씩 마음을 열어가기 시작했다 싶을 때는 동거에 대해 은근히 제안을 해보는 것도 좋다. "같이 있으면 이렇게 재밌는데 한번 같이 살아보면 어떨까?"라며 장난처럼 말을 하는 것.

하지만 그가 정말로 OK를 하면 어떻게 하냐고? 그러면 그때 당신은 둘 중 하나를 결정하면 된다. 정말로 동거를 한번 해보거나 동거 직전에 '이 결정이 옳은지 다시 한 번 깊이 생각해보고 싶다'며 일단 뒤로 후퇴하는 전략을 쓰거나. 서로가 서로에게 없어서는 안 될 사람이 될 수 있다면 절대 변하지 않을 것 같던 그의 독신주의도 어느 순간 조금씩 약해질지도 모를 일이다.

마지막으로 한 가지 더. 독신주의자인 그 남자를 좋아하게 되었다 해도 운명을 원망하지는 말자. 그는 적어도 남들이 사는 대로 사는 게 정답이라는 안일한 인생관의 소유자는 아니라는 증거다. 당신과 결혼해야 하는 진정한 이유를 물었을 때 '남들도 다 그러고 사니까'라고 대답하는 결혼 지상주의자보다는 당신과 결혼할 수 없는 이유를 몇 개쯤 대는 남자가 오히려 가능성 있는 남자라는 것을 기억하라. 중요한 것은 우리가 그들을 요리할 수 있는가 아닌가의 여부일 수도 있다는 걸 기억하자.

TIP.

독신주의자 남자를 알아보는 법

1. 강아지나 고양이를 꼭 키운다. 일하느라 바빠서 돌봐줄 시간도 거의 없으면서.
2. 소개팅이나 선 등 여러 여자와 동시다발적으로 만나지만 그 누구에게도 제대로 애프터를 신청하지는 않는다. 발목 잡힐까봐.
3. 섹스할 때 콘돔을 안 써도 괜찮다고 말해도 절대로 그냥 하는 법이 없다. 한마디로 치밀하다는 얘기.
4. 길을 지나가다 예쁜 아이를 봤을 때 눈으로만 본다. 쓰다듬거나 안아줄 수 있는 상황이 되어도 절대 스킨십은 NO.
5. 주변에 결혼한 친구들보다는 이혼하거나 여전히 싱글인 친구가 많다.

갖고 싶은 남자를 갖는 데에 성공했다면
이제 그 사랑을 가꿔 나가기 위해 전략을 세워야 할 시기.
당당하고 씩씩하게 당신의 사랑을 지켜낼 차례다.

6

어렵게 잡은 내 남자, 오래오래
사랑하고 싶다면 ● 확장편

;

뻔한 연애 테크닉,
그 자체를 맹신하지는 마라

적당한 짝을 찾지 못해 연애를 쉬고 있을 때는, 어떻게든 연애만 시작할 수 있다면 이 세상의 모든 행복이 다 내 것이 될 것만 같은 기분이 든다. 나 역시 어쩌다 보니 연애다운 연애, 정착다운 정착을 못하고 방황하던 때가 있었는데 그때는 정말이지 손잡고 돌아다니는 커플만 봐도, 아니 남자친구와 통화하는 여자만 봐도 가슴 속에서 뜨거운 그 무엇이 끓어오르는 경험을 하기도 했다.

하지만 막상 연애가 시작되면 여자들은 다시 한 번 깊은 시름에 빠지곤 한다. 언제부터인지는 모르겠지만 그의 감정보다 그를 향한 자신의 감정이 훨씬 큰 것 같다고 느끼는 순간 그녀들의 고민도 함께 시작된다. 어떤 연애전문가들은 이것을 남녀 감정의 사이클 차이 때문이라고 해석하기도 한다. 즉 남자는 마음에 드는 이성을 발견했을 때 재빨리 대시하고 바로 그 순간의 감정이 가장 강렬하지만 여자는 그 대시를 받은 이후부터 조금씩 감정이 커진다는 것이다. 결국 두 사람이 커플이 된다면 남자는 그때부터 점점 사랑의 감정이 줄어들고 여자는 점점 늘어나기 때문에 시간이 흐를수록 결국 두 사람의 감정의 차이가 늘어나고 여자의 서운함은 커질 수밖에 없다는 결론이 나온다.

물론 이 해석이 전부 맞다고 할 수도 없지만 틀린 것도 아니다. 남자가 대시하고 여자가 못 이기는 척 그 대시를 받아들이는 상황이라면 감정의 그래프는 그런 식으로 진행될 확률이 높다. 하지만 연애가 이토록 비관적인 그래프로만 진행된다면 그 어떤 여자가 쉽게 연애란 걸 시작할 수 있을까? 커플이 된 기쁨도 잠시, 남자가 나에 대한 애정을 거두어가는 것을 목격해야 한다면 "차라리 그깟 연애 안해!"라고 연애 보이콧을 하고 싶은 심정이다.

하지만 나는 그런 그래프는 그저 '가설'일 뿐이라고 생각한다. 그저 말하기 좋으라고 만든 연애 가설을 당신의 연애에 대입시키는 순간부터 연애는 피곤해진다. 두 남녀의 감정 그래프에 대한 이 가설만 해도 그렇다. 당신의 남자친구가 시들해졌다고 가정해보자. 하지만 언제까지나 눈빛만 봐도 심장이 타버릴 것 같은 감정 상태를 유지하는 사람이 몇이나 있을까? 사귀고 나서 어느 정도 시간이 지난 후에는 처음의 뜨거운 감정이 어느 정도 시드는 것이 당연하다. 그가 시들해진 것 같고 어쩐지 이러다 내가 그에게 목매는 상황이 올 것 같아서 두려움이 생길 수도 있지만 장기적으로 생각한다면 결국 당신도 지금의 그처럼 감정이 시들해지는 순간이 분명히 올 것이다.

그런데 연애전문가들이 말하는 연애 법칙을 과신하면 '역시 그의 감정이 이젠 수명을 다했구나, 내가 변신이라도 해서 그를 다시 유혹해야 하는건가' 라는 결론이 나온다. 그가 진정으로 내게 원하는 것은 완전히 다른 것일 수도 있고 그의 감정이 시들어버린 것이 아니라 당신에게 예전에는 느끼지 못했던 편안함과 신뢰를 느끼고 있을 수도 있다. 남들이 말하기 좋아하는 법칙에만 온 생각을 집중하느라 정작 그가 무엇을 원하는지 그와의 관계에서 필요한 것이 무엇인지 제대로 생각할 기회를 갖지 못하면 연애가 삼천포로 빠지게 되는 것도 한순간이다.

또다른 연애 법칙 중 하나를 꼽으라면 그건 아마도 '남녀관계는 더 적게 사랑하는 쪽이 칼자루를 잡는다' 는 것이다. 더 많이 사랑하면 할수록 아무래도 상대방의 주장을 따라갈 수밖에 없기 때문이다. 결국 연애의 주도권을 빼앗기게 된다는 주장을 하고 싶었던 것인데. 역시 어떤 커플들의 경우엔 맞을 수도 있는 이야기다.

하지만 이것도 한 번쯤은 곰곰이 생각해 볼 문제다. 연애의 주도권을 잡는 것이 그렇게도 중요한 일일까? 두 사람이 함께 만들어가는 관계에서 내가 좀 더 주도권을 갖는 것이 뭐가 그리 중요하단 말인가? 주도권을 갖는 게 그렇게도 중요하다면 결국 사랑을 하면서도 어떻게 하면 '덜' 사랑할 수 있는지만 고민하겠다는 것이다. 도대체 연애를 하겠다는 것인가 말겠다는 것인가.

어떤 연애전문가들은 거짓말하거나 뭔가를 숨기는 남자를 알아보는 기술을 알려주면서 모든 정보를 공개하지 않는 남자는 필시 뭔가 구린 구석이 있는 남자라며 그런 남자를 요주의 상대로 지정하기도 한다. 하지만 두 남녀 사이에 아무 비밀도 없고 모든 것을 공개하고 지낸다는 게 과연 가능하기나 한 일일까? 그리고 좋아하는 사이라고 해서 모든 것을 공개한다면 정말 두 사람의 관계는 무조건 좋기만 할까? 때로는 모르는 게 약일 수도 있다.

나와 함께 하지 않을 때 무엇을 하는지 나에게 말하지 않은 시간에 어떤 일이 있었는지 그 모든 진실을 다 알아야 한다면 그것은 연애가 아니라 노동이 된다. 그가 뭔가를 숨기고 있고 그것이 당신에게 뭔가 불편한 감정을 불러 일으켰을 때 화를 내거나 그의 뒷조사를 해야겠다고 다짐한다면 당신은 뻔한 연애 전략에 휘둘리고 있는 것이다. 슬픈 건 한 사람은 속이고 있고 다른 한 사람은 의심하고 있다는 현실이다.

물론 좋아하는 남자에게 어떻게 대시해야 할지 그의 시선을 사로잡기 위해 어떻게 행동해야 할지에 대해서는 이런저런 충고가 필요할 것이다. 그의 시선조차 끌지 못하고 남자들의 행동 패턴을 잘 알지 못하는 상태에서는 당신이 아무리 그의 진심에 호소하려고 해도 그 결과가 긍정적으로 나타나지 않을 수 있기 때문이다. 하지만 고단한 작업의 과정을 거쳐 드디어 그와의 연애를 시작하게 되었다면 그때부터는 이런저런 얕은 연애 기술을 사용하겠다는 마음은 접자.

사람들이 연애를 시작할 때 가장 많이 착각하는 것 중 하나는 '이제부터 커플이 되었으니 주도권을 내가 잡을 수 있겠지, 내가 하고 싶은 대로 해도 이 사람은 나를 사랑하니까 다 받아주겠지, 데이트하면 마냥 즐겁겠지'라고 생각하는 것이다. 이건 지극히 유아적인 생각이다. 이 사람과 어떤 식으로 소통할 수 있을지 나의 어떤 부분을 내어주어야 할지에 대해서는 전혀 생각해보지 않고 이런 부분들에 대해서만 생각하기 때문에, 결국 둘 사이에 어떤 문제가 발생했거나 혹은 깊이 있는 대화가 필요할 때마저 얕은 기술의 힘으로 해결을 하려고 하게 된다.

연애의 기술은 연애 시작 바로 직전까지만 필요하다. 당신이 진정 오래오래 행복한 연애를 하기 원한다면 사랑하는 사람에게 이런 저런 기술로 시험해보려는 생각은 아예 버리자. 연애의 핵심은 상대방을 배려하고 서로의 부족함을 채워주는 것을 통해 혼자 있을 때보다 행복한 두 사람의 시간을 만들어나가는 데 있다. 거기에 유난스러운 법칙이나 얕은 꼼수는 통하지 않는다. 그의 마음을 확인하는 기술, 그의 거짓말을 잡아내는 기술, 그가 정말 나를 사랑하는지 알아보는 기술, 그가 나와의 미래를 생각하고 있는지 교묘하게 물어보는 기술은 그의 마음을 얻는 것과는 별개의 일이다.

지금 함께하고 있는 시간에 충실하고 지금 내 옆에 있는 사람의 마음을 더 잘 읽으려는 노력과 진심 이외에 무엇이 더 필요한가? 만약 당신이 노력하고 진심을 다했는데도 자꾸만 괴로움이 더하는 관계라면 그냥 거기서 끝을 볼 일이지 기술에 기댈 일은 아니다. 갖가지 연애 법칙과 별의별 연애 기술들이 유행처럼 번지고 학설처럼 인정되는 세상에서 정말 내 상황에 맞는 것만 잘 가려서 활용할 줄 아는 것이 진정 당신이 가져야 할 유일한 기술이다.

사랑을 오래 지속시키는 몇 가지 아주 간단한 '기술'

1. 그가 당신을 얼마나 좋아하는지에 대해서 신경 쓰지 않는다. 당신이 신경 쓴다고 해서 결코 그의 애정을 줄이거나 늘릴 수 없기 때문이다. 눈치 보지 말자. 당신이 그를 얼마나 좋아하는지만 신경 쓰기에도 넉넉하지 않은 시간이다.

2. 그의 휴대폰을 몰래 검사하지 않는다. 한 번 보면 중독이 돼서 스스로가 금단증상에 시달릴 것이고, 정작 의심스러운 내용을 봤다고 해도 그에게 따져 물을 수 없기 때문이다(따져 묻고 싶다면 그때는 그와의 이별도 각오할 것).

3. 둘 사이에 너무 많은 규칙을 만들지 않는다. 매일 점심시간에 전화를 해야 한다거나, 주 3회는 만나야 한다거나, 주말에 하루는 꼭 근사한 곳에 가서 식사를 해야 한다거나 하는 것 말이다. 이러한 규칙은 결국 강제의 다른 말이다. 서로의 상황에 따라 유연하게 만남을 조절하는 그런 쿨한 커플이 오히려 장수한다.

신데렐라의 유리구두는 전략이었다

본전 생각은 버리고
넉넉한 마음으로 사랑하라

"우리가 처음 사귄 건 그가 저에게 적극적으로 호감을 표시했기 때문이었어요. 딱 제 타입은 아니었지만 그렇게 적극적으로 대시하는 모습이 싫지만은 않아서 그와 사귀게 된 거죠. 그런데 지금은 뭐랄까 상황이 역전된 것 같은 느낌이 들어요. 나는 예전보다 그를 좋아하고 있는 것 같은데, 그는 예전만큼 적극적으로 애정 표현을 하지 않아요. 속상해요."

여자들의 연애 관련 사례를 취재하다 보면 빠짐없이 등장하는 이야기 중 하나가 바로 이런 것이다. 어쨌든 자기는 진심을 다해서 좋아하고 있는데 예전엔 그렇게 뜨겁기만 하던 남자가 더 이상 예전만큼 자기를 좋아해주지 않고 있다고 느껴진다는 것이다. 이것은 상당히 많은 여자들이 겪고 있는 연애 문제이기도 하다.

나 역시 연애를 하다 그런 느낌 때문에 불쾌했던 적이 있다. 그와의 만남은 다른 사람과의 만남보다 항상 우선이었고, 나의 모든 스케줄이 그의 스케줄에 맞추어져 있었는데 정작 그는 나를 일순위로 두는 것 같지 않았다. 그럴 때면 본전 생각 비슷한 것도 들고 내가 바보처럼 느껴질 때도 있었다. '내가 이렇게까지 생각하는데 감히 나를 이렇게밖에 대하지 않는거야? 내가 자존심도 없는 줄 아는 거야 지금?' 이런 생각 때문에 참을 수 없어 결국 헤어지자는 폭탄선언을 한 적도 몇 번 있었다.

그런데 숱한 연애를 경험하고 또 인생의 대형 사건도 경험하고 나서야 내릴 수 있게 된 결론은 이렇다. 연애의 본전을 찾는다는 것, 그러니까 내가 좋아하는 만큼 혹은 그 이상으로 상대방이 나를 좋아해줘야만 한다는 계산은 애초에 불행의 씨앗을 품고 있다는 것이다. '상대방이 나를 이만큼은 좋아해주겠지'라고 미리 짐작하는 것, 내가 상대방보다 더 좋아하는 것 같을 때 불쾌하다고 생각하는 것, 상대방이 혹시 나에 대한 마음이 식어버린 건 아닐까 걱정하며 그를 시험하려고 하는 것. 이런 생각이나 행동이 반복되다 보면 결국 그의 마음을 의심하고, 그와의 관계에 대한 확신도 점점 사라지게 된다. 어차피 내가 생각하는 기대치는 높을 수밖에 없기 때문에 그의 감정은 보잘것 없게 느껴지고 그로 인한 불만이 쌓이다 보면 두 사람의 관계는 악화되는 일만 남는다.

이렇게 자꾸만 본전 생각이 날 때 가장 필요한 것은 무엇일까?

그건 '내가 애초에 이 연애를 왜 하려고 했는지'를 떠올려보는 것이다. 언제나 중요한 것은 초심이 아니던가. 당신이 그 남자를 만나기 전을 생각해보라. 그저 주말에 나를 방콕 생활에서 구원해줄 남자가 하나만 있었으면 좋겠고 남들처럼 남자랑 팔짱끼고 즐겁게 돌아다닐 수 있기만 해도 좋을 것 같지 않았던가? 그런데 막상 연애를 하기 시작하면 예전에 내가 그토록 바라던 것이 이루어졌는데도 끊임없이 이것저것 부족한 점을 끄집어내서 스스로를 괴롭히곤 한다.

그러니 남자친구가 애정 표현이 부족하거나 주말에 나와 함께 지내지 못하고 기념일을 제대로 안 챙기는 것은 상상할 수도 없는 일이다. 즐겁고 행복하려고 시작한 연애가 스스로를 괴롭히고 전전긍긍하게 하는 원인이 된 것이다. 생각해보자. 내가 그 남자를 위해줄 수 있고 나를 특별한 존재로 생각해주는 사람이 있다는 사실만으로도 당신은 이미 굉장한 경험을 하고 있지 않은가?

자꾸만 부족한 면, 마음에 들지 않는 면만 발견하는 것은 연애뿐 아니라 모든 인간관계에서도 하지 말아야 할 일이다. 작은 사건들이나 사소한 상황에 대해 일희일비하다 보면 점점 더 서로를 믿지 못하게 되고 시간이 갈수록 별것 아닌 상황에서도 예민해지기 마련이다. 더더욱 불행한 것은 대부분의 남자들은 당신이 생각하는 것만큼 여자와의 관계에 모든 것을 집중하지 않는다는 사실이다. 친구들과의 관계를 봐도 그렇다. 연애를 시작하면 친구들과의 만남은 뒷전이고 오로지 남자친구를 만나는 데만 신경 쓰는 여자는 많아도 동성 친구들과의 관계를 뒷전으로 미뤄버리는 남자는 그렇게 흔치 않다. 연애를 하더라도 자기가 기존에 갖고 있던 것들을 여전히 유지한다는 뜻이다.

여자들이 상대에게 친밀함을 표현하는 방식은 좀 더 섬세하기 때문에 작은 부분까지도 상대에게 집중하고 맞춰주는 것이 자신의 진심을 표현하는 방법이라고 생각한다. 결국 그것은 남자친구에게 올인하는 식이 되고 그러다 보니 남자친구 역시 자신에게 그렇게 집중해주기를 바라게 된다. 그러다 결국 여자가 '남자에게 너무 많은 걸 기대했구나'라고 느끼고 남자는 '이 여자를 만족시켜줄 수 없겠구나'라고 느끼는 순간이 두 사람이 이별을 결심하게 되는 순간이다.

이 책의 내용대로 당신이 전략적으로 대시를 해서 두 사람이 연인이 되었든 혹은 다른 인연이 닿아 특별한 사이가 되었든 커플이 되었다면 이제부턴 조금 다른 방식으로 사랑하는 연습을 하자. 우리는 모두가 상대방에게 준 만큼은 받아야 한다고 생각하고 그렇지 않으면 그건 상대방의 배신이라고 생각한다. 그리고 그가 내 마음을 완벽하게 파악하길 바란다. 그렇지 못하면 그건 애정이 부족해서라고 생각한다. 하지만 그런 완벽한 관계, 컴퓨터로 계산한 듯 딱 떨어지는 애정 방정식 같은 것은 세상에 없다. 우리가 인정하려고 하지 않았을 뿐 사랑은 언제나 불완전하고 모든 커플이란 언제든 헤어질 수 있는 관계임을 인정해야 한다.

바로 이런 부분들을 인정하면 훨씬 대범하고 비범한 사랑을 할 수 있다. 상대방이 나를 얼마나 좋아하고 있는지 전전긍긍하는 마음으로 확인하려고 하지 않아도 되고 내가 준 만큼 받아야 한다는 생각도 들지 않는다. 설사 그가 나를 떠나려는 상황이 온다고 해도 나는 진심을 다해 그를 아꼈고 사랑했기 때문에 스스로에게 부끄러울 일이 없다. 본전 생각? 그건 애초에 하지 않았으니 '네가 어떻게 감히 나에게 이럴 수 있어'라는 말도 구질구질하게 할 일이 없다.

물론 사람에 따라 이렇게 생각하는 것이 결코 쉽지 않을 수도 있다. 한 번도 이런 식으로 사랑해본 적 없는 이에게 쉽게 강요할 수는 없는 법이니까. 하지만 쉽게 생각하자. 당신은 좀 더 멋진 사랑을 할 수 있고 그래야 당신 스스로가 행복해진다는 것을 잊지 말자. 당신이 아무리 당신에게 딱 맞는 짝을 찾았다 해도 작은 틀 안에서 그를 사랑하는 방법밖에 알지 못한다면 결국 그 사랑의 끝은 비슷비슷해질 수밖에 없다.

나 역시 전전긍긍하는 사랑, 본전 생각하는 사랑만 하던 여자였고 그랬기에 남자를 사귈 때마다 1년을 채 못 채우고 헤어지곤 했다. 지금 되돌아보면 '그때 좀 더 넉넉한 마음으로 느긋하게 사랑했다면 지금과는 다른 결말이 나오지 않았을까'라는 생각이 많이 든다. 하지만 과거는 과거일 뿐 되돌릴 수 있는 일이 아니다. 이 책을 읽고 있는 당신 역시 마찬가지다. 지금 내 옆에 있는 그 사람과, 혹은 앞으로 다가올 그 사람과 예전에 했던 것처럼 잘못된 연애 패턴을 지속하는 일만 피하라. 이것을 깨닫지 못한다면 연애를 못할 때는 외롭다는 생각에 인생이 괴롭고 연애를 하면 또 연애를 하기 때문에 인생이 괴로워지는 상황에 맞닥뜨리게 된다.

그러니 이제 연애를 시작하는 당신. 오래오래 사랑하기 위해서 조금은 신발끈을 느슨하게 묶는 것이 어떨까. 그의 말 한마디에 일희일비하지 말고 데이트를 자주 못한다고 해서 화내지도 말고 그의 애정 표현이 부족하다고 분노하지도 말자. 당신은 그가 있든 없든 이미 당신만의 삶이 있는 여자였다는 사실을 늘 기억하자. 그가 당신의 삶으로 들어온 것 뿐이니 그를 만나서 당신의 삶이 통째로 행복해질 거라는 기대는 살짝 내려놓자. 그리고 그가 언젠가 당신을 떠난다 해도 아쉬울 것이 없을 정도로 진심으로 사랑하자.

스스로를 괴롭히는 연애란 바로 이런 것!

1. 그와의 사이에 너무 많은 규칙을 만들어두고 지켜지지 않으면 화를 낸다.
2. 친구들의 애인과 자기 애인을 끊임없이 비교한다.
3. 자신은 늘 연인에게 일순위가 되어야 한다고 생각한다.
4. 그와 싸우기라도 하면 헤어지는 상상 등 최악의 상황부터 생각한다.
5. 그의 단점은 이해할 수 없으면서, 내 단점은 그가 다 이해하리라고 믿는다.

서로에게 다른 이성과의 만남을 허하라

"지난 번에 어쩌다 남자친구의 휴대폰을 몰래 보게 됐어요. 평소에 서로 휴대폰을 보지 않다 보니까 갑자기 호기심이 마구 드는데 어쩔 수가 없더라고요. 문자메시지를 확인하는데 뭔가 느낌이 딱 이상한 거에요. 확인해보니 어떤 여자가 그에게 '큭큭, 그런데 이번 주말엔 뭐하세요?' 라는 문자를 보낸 거죠. 단순하게 생각하면 그냥 주말 스케줄을 묻는 문자였지만 그런 웃음과 함께 주말 스케줄을 묻는 사이라니 굉장히 기분이 나빴죠. 두 사람 사이에 뭔가 친밀한 기류가 흐른다는 거잖아요. 저는 그와 사건 이후로 남자들한테 대시를 받아도 차갑게 거절했는데, 그가 여자와 그런 문자를 주고 받는다는 걸 참을 수가 없어요."

취재하는 도중에 만난 28세 직장인 N. 그녀는 내게 이럴 때 어떻게 해야 하는지 알려달라며 하소연했다. 워낙 여자들에게 인기가 많던 남자였기에 알고 지내는 여자가 많은 편이긴 했지만 그래도 사귀기 시작한 후엔 여자친구인 자기하고만 데이트한다고 생각했는데 아니었던 것 같다며 그녀는 실망한 기색을 숨기려 하지 않았다. 어쩌면 자기가 알지 못했을 뿐 사귄 기간 내내 그런 식으로 다른 여자들과 만났을 지도 모른다는 배신감에 그녀는 괴로워하고 있었다.

연애를 할 때 어쩌면 가장 민감하고 또 어려운 부분은 아마 이것이 아닐까. 두 남녀가 무인도에서 살아갈수 있다면 기껏해야 권태 정도가 문제가 되겠지만 그건 현실적으로 일어날 수 없는 일이니까. 그와 24시간을 함께 지낼 수 있다면 다른 여자들과의 만남을 완벽하게 차단할 수 있겠지만, 그것 역시 현실적으로는 일어날 수 없는 일이니까.

결국 내 남자친구가 다른 여자를 만나는 상황이라는 건, 언젠가는 한 번쯤 마주쳐야 하고 마주칠 수밖에 없는 일이라는 것이다. 하지만 우리는 이 문제에 대해 너무 안일하게 대처하는 것 같다. 그냥 막연하게 '내 남자친구는 다른 여자에게 눈돌리지 않을 거야'라고 생각하지만 현실은 그렇지 않기 때문이다. 내가 매력적이라고 생각한 남자라면 다른 여자도 그를 매력적으로 느낄 수 있지 않을까? 그러니 그에게 관심을 보이는 여자를 막을 수가 없는 상황이다. 남자에게 여자친구가 있다는 걸 알고도 작정하고 대시하는 것은 이를테면 상도에는 어긋나는 행동일지 모르지만 위법한 행동은 아니지 않은

가. 그가 대단한 의리파이거나 연인에 대한 마음이 너무도 극진해 다른 여자와 눈도 마주치지 않는다면 또 모를까(그런데 설마 당신의 남자친구가 이런 남자이기를 기대하는 건 아니겠지?) 그는 결국 지금 옆에 있는 연인과 새로운 그녀 사이에서 갈등을 일으킬 수밖에. 그리고, 이런 똑같은 상황은 누구에게나 닥칠 수 있다.

사실 문제는 간단하다. 어차피 다른 이성과의 만남은 일어날 수밖에 없고, 언제든 다른 이성이 대시해올 수도 있는 상황에서 두 사람은 어떻게 할 것인가의 문제다. 이런 상황에서 가장 문제가 되는 태도는 '다른 남자들이 다 바람펴도 내 남자만은…' 이라고 생각하는 것이다.

내 남자가 특별하고 내 남자만은 다른 남자들과 다를 거라고 생각하는 것은 참 위험한 발상이다. '남자는 다 거기서 거기' 란 말을 가볍게 여기지 말자. 그가 당신에게 영원히 사랑한다고 말한다 해도 그건 그저 현재의 감정일 뿐이다. 당장 하루 앞도 10분 앞도 확신할 수 없는 게 우리의 삶인데 어떻게 영원을 약속하는 말을 그렇게 쉽게 믿는가? 같은 이유로 그를 '절대 다른 여자를 만나지 않을 사람' 이라고 무작정 믿어버리는 것도 위험한 태도다. 지금 당장은 다른 여자에게 눈 돌리지 않을 것 같아도 나중에는 어떤 식으로든 의외의 상황이 벌어질 수 있음을 항상 염두해두자.

이런 상황에 대해 문제가 될 만한 태도는 또 있다. '그와 나는 사귀는 거니까 그는 여자를 만날 때 오로지 나만 만나야 해. 나 이외에 다른 여자를 만나는 건 절대 용납할 수 없어' 라고 생각하는 것이다. 물론 이런 생각이 이해되지 않는 건 아니다. 나 역시 과거엔 남자친구가 다른 여자와 전화 통화만 해도 질투하던 캐릭터였으니까. 내가 취재하다 만났던 그녀처럼 나 역시 그가 어떤 이유로든 다른 여자들과 연락을 하고 지낸다는 사실에 심한 배신감을 느낀 적도 있었다. 하지만 이런 생각이야말로 행복할 수 있는 연애를 지옥으로 만드는 일등공신이다.

여기서 한번 입장을 바꿔놓고 생각해보자. 당신도 역시 정말 남자친구를 사랑하고 그를 유일한 남자로 생각하고 진심으로 사랑하지만, 아무 사심없이 편하게 만나는 남자들도 몇 명 있다. 그런데 당신의 남자친구가 다른 남자들과 만나는 것을 의심스럽게 생각하거나, 다른 남자와 만나지 말 것을 종용한다면 당신은 어떤 기분이 들까? 남자친구가 나를 신뢰하지 못한다는 것이 슬프지 않을까? 당신이 결백하다는 걸 입증하기 위해 애를 써야 하는 그 상황이 너무 억울하지 않을까? 왜 그는 스스로에 대해 그토록 자신이 없는지 의아하게 생각되지는 않을까? 그가 다른 여자들과 캐주얼하게라도 만나는 것을 당신이 싫어하고 의심하기 시작한다면 그 역시 이런 감정을 느끼게 될 것이다. 그리고 그 감정들은 당신에 대한 실망으로 이어질 것이 틀림없다. 서로에 대한 불신과 실망으로 두 사람의 관계 자체가 흔들리게 되는 것이다.

솔직히 고백하건대, 이렇게 말하는 나 역시 가끔은 남자친구를 데리고 아무도 없는 곳으로 떠나는 상상을 한다. 남자친구는 직업이 방송국 PD라 온갖 예쁘고 어린 여자들과 수도 없이 작업을 할 수밖에 없는 상황이고, 나는 직업이 《코스모폴리탄》 기자이니 매달 다양한 훈남들을 만날 기회가 너무 많은 것이다. 그냥 손만 뻗으면 매력적인 이성이 널려 있는 이런 상황은 사실 커플에게는 절대 좋지 않은 상황일 수도 있다. 하지만 우리가 '절대 내 애인은 그러지 않을 거야'라고 생각했거나 '내 애인이 다른 이성을 만나는 건 있을 수 없어'라고 생각했다면 우리는 여기까지 올 수 없었을 것이다. 그랬다면 서로에게 크나큰 상처만 주고 어이없게 헤어졌을 것임을 우리는 이미 잘 알고 있다.

나는 그에게 지금도 이런저런 여자들이 주말마다 데이트 신청을 한다는 것을 알고 있고 그 역시 내게 불과 몇 주전에 저돌적으로 대시해온 다른 남자가 있다는 것을 안다. 하지만 그건 우리의 이슈가 될 수 없다. 어차피 제3자의 대시를 막을 수 있는 일도 아니고 내 애인의 마음이 다른 이성에게 기우는 것 역시 내가 어쩔 수 있는 일이 아니라는 걸 이미 알고 있기 때문이다. 내가 걱정한다고 해서 상황을 바꿀 수 없으니 그저 순리를 따르는 수밖에 없는 거다. 넋놓고 있는 게 아니라 상대방을 깊이 신뢰하고 또 스스로도 그 신뢰를 무너뜨릴 수 없다고 생각하기 때문에 불필요한 상황까지 만들지 않을 뿐이다. 서로에 대한 매력을 더 이상 느낄 수 없고 일말의 정이나 친밀감 조차 남아있지 않다면, 그 땐 서로를 더 이상 구속하거나 서로의 눈치를 볼 필요 없이 쿨하게 보내주면 되는 일 아닐까? 다른 이성을 만날 기회가 없어서 지금 내 옆에 있는 그 사람을 만나는 게 아니라, 다른 이성을 만나긴 하지만 그래도 내 옆에 있는 그 사람이 최고라고 생각하는 상황이야말로 '쿨하다'는 표현이 어울리는 상황 아닐까?

결국 중요한 것은 두 가지, 상대방에 대한 끊임없는 신뢰와 스스로에 대한 자신감이다. 그를 믿지 못하면 당신은 끊임없이 의심하고 그를 뒷조사해야만 한다. 이건 연애가 아니라 고행길이다. 스스로에 대한 자신감을 잃지 말아야 한다. 당신은 그를 선택했다. 그리고 그는 그런 당신을 선택했다. 그에게 어떤 여자가 다가오더라도 당신이 스스로에 대한 자신감이 있다면 그는 흔들릴 만한 상황이 와도 끄덕 없겠지만, 당신이 스스로에 대한 자신감을 잃고 그를 공격하기 시작한다면 그는 그런 당신을 점점 더 매력이 없는 상대로 인식하게 된다.

결론은 하나다. 당신도 다른 이성을 만나보라. 그리고 그에게도 다른 여자를 만나게 허락하라. 어차피 무인도로 떠날 수 없다면 서로가 다른 이성을 만날 수밖에 없는 상황이라면 그렇게 자유롭게 서로를 풀어주고도 두 사람의 신뢰가 지속되는지 테스트해보는 것도 나쁘지 않다. 다른 남자, 다른 여자를 만날 일이 없기 때문에 서로를 사랑하는 게 아니라 다른 이성을 충분히 만나지만 서로를 사랑하는 것이다. 정말 멋지지 않은가? 다른 이성을 만났다고 한없이 흔들릴 사람이라면 차라리 빨리 결론내리는 게 낫다. 그가 한눈팔지 않을까 걱정하는 건 이제 그만. 대신 마음을 크게 가지고 진심으로 그를 믿을 것. 그런 후에 그가 더 이상 신뢰할 수 없게 행동한다면 그때는 단호하게 이별을 선언하면 된다. 연애, 통크게 생각하고 단순하게 다가가라. 그게 정답일 때가 훨씬 많다.

남자친구도 감동할 쿨한 여자들의 대표적 멘트

1. "다른 여자한테 눈길 주는 거 나는 다 이해해. 그건 본능이잖아. 나도 멋진 남자 지나가면 즐겁게 감상한다구. 오, 저 여자좀 봐. 정말 멋진 걸!"

2. "다른 여자가 데이트하자고 하면 한 번쯤 나가봐. 신선하잖아. 하지만 아무리 만나도 나만한 여자는 없을걸?"

3. "이번 주말에 약속 취소해야 할 것 같다고? 아쉽지만 뭐 괜찮아. 나도 자기 만나느라고 미뤄놨던 약속들 좀 해결해야겠는걸. 우리 둘 다 너무 인기가 많다. 그렇지?"

연인 사이의 언쟁,
바닥만은 보이지 마라

작년 여름쯤이었다. 버스를 타고 집으로 돌아가는 길에 나는 믿을 수 없는 장면을 목격했다. 퇴근 시간 즈음 광화문 한복판에서 한 남자가 한 여자에게 사정없이 당하고 있었던 것이다. 이렇게밖에 표현할 수 없는 것이 여자는 남자에게 뭔가 분풀이라도 하듯 몸부림을 치며 그를 때리고 있었고 남자는 그녀의 폭력적인 행동을 제지하지도 못하고 그저 묵묵히 서 있었기 때문이다. 참으로 참담한 광경이었다. 둘은 분명 연인 사이였을 텐데 그래도 한때는 떨리는 감정을 가지고 만나던 날도 있었을 텐데 광화문 한복판에서 때리고 맞는 관계가 되어 버렸다는 것이 그렇게 슬퍼 보일 수가 없었다. 아주 잠깐이었지만 그 장면이 얼마나 충격적이었던지 그때의 잔상이 지금도 여전히 남아 있을 정도다.

데이트 폭력이라든가 하는 무거운 주제에 대해서까지 말하고 싶지는 않다. 하지만 연애를 하다 보면 크고 작은 다툼의 상황에 놓이게 된다는 것은 한 번쯤은 생각해볼 문제라는 것을 말하고 싶다. 결국에는 의견의 차이나 감정적인 대립의 상황을 어떤 식으로 잘 극복하느냐가 문제이다. 좀처럼 큰소리를 내지 않는, 그래서 한없이 평화로워 보이는 관계도 있을 수 있겠지만 그런 관계가 꼭 건강한 관계라고 단정 지을 수도 없다. 또 '우린 너무 사랑하니까 싸울 일이 없을 거야'라고 생각하는 것 역시 지나치게 순진한 발상이다. 지금은 그저 달콤한 행복을 즐기고 있다 해도 언젠가는 갈등을 겪을 일이 생기게 될지 모르니 한 번은 짚고 넘어가자.

연인과의 싸움에 대해서는 여러 전문가들이 이미 다양한 의견을 내놓았지만 나는 딱 한 가지만 강조하고 싶다. 바로 어떤 극한의 상황이 오더라도 절대 자기 바닥까지 보여주지는 말아야 한다는 것이다. 물론 싸우다보면 스스로 제어가 안 될 정도로 감정이 격해질 때도 있다. 머리로는 '이러지 말아야지'라고 생각하지만 또 다른 한편으로는 '내가 너한테 어떻게 해줬는데!'라는 분노가 치밀어오르는 것이다.

나도 한때는 그런 마음으로 평소보다 더 심각한 감정의 폭발을 경험한 적이 있고 그 와중에도 '내가 이렇게까지 행동해도 어쨌든 나를 사랑하는 남자인데 다 잊어주겠지, 다 받아주겠지'라고 생각했던 때도 있다. 하지만 그것은 정말 어리석은 생각이었다. 바닥을 드러낸다는 것은, 단순하게 표현해서 그런 것이지 꽤 많은 의미를 포함하는 표현이기 때문이다.

감정이 폭발할 때 우리는 자신이 인지하는 것보다 훨씬 더 많은 행동을 하게 된다. 미처 주워담을 수 없는 독한 말을 내뱉고 그 상황에 관한 것뿐 아니라 아주 오래전 일까지 끄집어내서 상대방을 당황시키는가 하면 본인 스스로도 상상하지 못했던 악한 표정으로 상대방을 위협하게 된다. '오늘 한번 작정하고 싸워서 그의 버릇을 고쳐놓겠어'라는 식의 단순한 욕심에서 시작된 싸움이 결국 상대방에게는 도저히 지울 수 없는 상처를 남기게 되는 건 바로 이런 이유 때문이다. 이처럼 바닥을 드러낸다는 것은 생각보다 무서운 일이 될 수 있다.

자신의 바닥을 드러내면서까지 싸우는 것이 무서운 두 번째 이유는 그런 식으로 상대에게 한 번 바닥을 보이기 시작하면 그 이후에는 조금만 언쟁을 할 일이 생겨도 바로 극렬한 싸움으로 이어지면서 습관적으로 나의 바닥을 보이게 된다는 것이다. 한마디로 싸움을 위한 싸움을 하게 된다는 뜻이다. 하지만 연인과 싸우려고 사귀는 게 아니지 않은가. 서로를 사랑하고 아껴주어야 할 관계가, 서로 으르렁거리며 못 잡아먹는 관계로 점점 변질되는 것은 한순간이다. 그리고 이런 관계로 변질되게 만드는 일등공신은 바로 이렇게 습관적으로 바닥을 드러내면서 싸우는 잘못된 패턴에 있다.

그럼 사랑하는 그와 도대체 어떻게 싸워야 하는 것일까? 무작정

참는 것만이 능사가 아니고 싸움을 전혀 하지 않는 것이 건강한 커플의 증거도 되지 못한다면 결국 이런 상황을 어떻게 대처할 것인지가 관건이 된다. 그냥 무작정 참을 것인가? 아니면 져줄 것인가? 아니면 매번 울어서 그의 동정심을 자극할 것인가? 이중 어느 것도 좋은 방법은 아니다. 그와의 관계를 장기적으로 바라보고 있다면 그와의 싸움에 관해서도 장기적으로 바라봐야 한다. 위의 방법들은 모두 임기응변식의 대응이다.

가장 중요한 것은 두 사람 사이에 언쟁이 오갈 때 극렬하게 반응하지 않는 것이다. 우리는 한 배에서 나고 자란 형제와도 쉴 새 없이 싸우며 자란다. 그러니 20년 이상 따로 살아온 두 사람이 만나 의견 차이 없이 늘 즐겁기만 할 거라는 기대는 너무 과한 것 아닐까.

그와 언쟁이 일어나고 그 때문에 속상한 상태가 지속될 것 같다면 절대 그 기분에 빠지지 말고 마인드컨트롤을 해야 한다. '이 순간은 결국 지나갈 것이고 우리 관계는 더 단단해질 거야'라는 관계에 대한 믿음을 가지라는 것이다. 그와 한두 번 싸웠다고 해서 '이렇게 싸우다니 우리는 맞지 않는군' '나를 좋아한다면 절대 이럴 수 없어'라며 극단적인 생각을 하는 것은 아무 짝에도 쓸모 없다. 몇 번 싸웠다고 결별해야 한다면 아마 이 땅에 연애하는 커플은 몇 남지 않을 것이다.

오랫동안 사귄 연인들, 서로를 끔찍이 아끼는 부부들도 싸울 일이 있으면 싸운다는 것을 명심하자. 싸움의 징조가 보일 때 오히려 긴장을 풀고 깊게 심호흡을 하라. 손이 부들부들 떨릴 정도로 긴장도 되고 속도 상할 수 있다. 하지만 연애하는 날들이 늘 좋을 수만은 없다는 것을 진정으로 깨닫는다면, 오히려 당신의 마음은 한결 편안해지고 싸움도 줄어든다.

그에게 상처를 주기 위해서 의도적으로 그의 자존심에 상처 주는 말을 한다거나, 그에게 욕설이나 아무리 가볍더라도 폭력을 가하는 행동, 혹은 습관적으로 우는 행동 등은 절대 하지 말아야 할 최악의 행동이다. 그런데도 많은 여자들이 극한의 감정 상태에 몰렸을 때 '이러지 말아야지' 하면서도 자기가 보여줄 수 있는 최악의 모습을 보여주곤 한다. 하지만 후회해도 이미 때는 늦다. 바닥을 드러내버린 여자의 모습을 남자는 절대 잊지 못한다. 건강한 싸움은 두 사람의 관계를 돈독하게 만들지만 이런 식으로 바닥을 드러내는 싸움은 두 사람의 이별을 앞당길 뿐이다.

그와 언쟁이 일어날 것 같다면 이제부터는 내가 아닌 제3자의 시선으로 그 상황을 지켜보는 연습을 해보자. 제3자가 지금의 이 상황을 봤다면 어떤 식으로 느꼈을지 상상하면서 자신이 처한 현실을 최대한 객관화해보는 것이다. 그와 언쟁을 좀 했다고 지나치게 감정적으로 행동하기 시작하면 결국 바닥을 드러내면서 추한 싸움을 할 수밖에 없다. 객관화를 하다 보면 '결국 그러다 말겠지'라는 생각을 하게 되고 상대방을 과하게 비난하는 것이 아니라 오히려 나의 부족한 점을 먼저 인정할 수 있게 된다. 어느 한 사람이라도 자신의 부족한

점을 인정하고 굽힐 줄 안다면 싸움은 더 이상 지속될 수 없고 결국 그와 당신 둘 중 어느 누구도 상처받는 일 없이 싸움은 끝나게 된다.

당신의 싸움은 어떤 편인가? 매번 같은 이유로 싸우고 있진 않은가? 혹은 자꾸만 새로운 이유로 싸우게 되는가? 아니면 왜 싸우고 있는지도 모른 채 혹시 습관적으로 싸우고 있는 것은 아닌가? 지금 소개한 예방법과 대처법을 쓰고도 감정적으로 치닫는 싸움의 상황에 자꾸만 놓이게 된다면 그 순간 당신은 이렇게 물어봐야 한다. "우리, 왜 싸우고 있는 거지?" 이렇게 그와 당신 스스로에게 한 번은 꼭 물어봐야 한다. "서로를 더 잘 알기 위해서"라는 답이 나오지 않는다면 지금 당장 무의미한 싸움을 멈추길 바란다. 피할 수 없다면 정말 필요한 싸움만 현명하게 해보자. 그를 위해, 그리고 당신을 위해.

아무리 싸움이 격해져도 절대로 해서는 안 될 최악의 멘트

1. 상대방의 부모님이나 가족까지 비난하는 것. 두고두고 잊히지 않으니 절대 금지.
2. "이러니까 그 여자랑 헤어졌겠지"라며 이전 여자친구와 관련해서 공격하는 것.
3. "이럴 거면 헤어지는 게 낫겠어"라고 그를 협박하는 것. 남자들은 이런 멘트를 곧이곧대로 받아들이는 경우가 많고, 만약 그가 충동적인 타입이라면 당신은 그가 이별을 결심하게 만드는 빌미를 제공한 셈이 된다. 아무렇지 않게 이런 말을 내뱉고 나서 그가 "그럴 수는 없어"라고 매달리기를 바라지 말라.

스킨십과 섹스, 전략적으로 접근하라

거의 8년째 섹스 기사를 써오고 있다 보니 섹스에 대한 20, 30대 여자들의 고민을 참 많이 듣게 된다. 하지만 재미있는 사실은 8년이라는 긴 시간이 지나는 동안 이런 부분에 대한 여자들의 고민은 별로 달라진 게 없다는 것이다. 세상이 변했고 사람들의 의식이 변했고 젊은 남녀들의 섹스관도 참 많이 바뀌었을 법한데 정작 그녀들의 고민이 별로 달라지지 않았다는 것은 어떻게 해석해야 하는 걸까?

그때나 지금이나 변함없이 그녀들의 고민 1, 2위를 다투고 있는 것은 바로 스킨십과 섹스에 관한 문제다. 말하자면 가장 즐거워야 할 부분에 대해서 가장 난감해하고 있는 것이다. 대표적인 고민이라면 이런 것들이 있다. "그와의 섹스가 만족스럽지 않은데 어디서부터 문제가 생긴 건지 모르겠다" "그가 스킨십에 너무 서툴러서 도무지 기분이 좋아지지 않고 자꾸 불만이 쌓인다" "이렇게 해달라 저렇게 해달라 요구하고 싶은데 차마 입이 안 떨어진다" 그러니까 그녀들의 고민을 한 마디로 요약하면 '적극적이고 솔직해지고 싶은 마음은 가득하나 막상 행동에 옮기려니 그가 어떻게 생각할지 몰라 난감하고 말 못할 불만만 쌓인다' 정도가 될 것 같다. 세상은 변했고 여자들도 변했지만 남자들만 그대로 머물러 있는 모습이랄까. 취재하다 만난 대학생 K 역시 내게 이런 고민을 털어놓았다.

"지금 남자친구랑은 같이 잠자리를 한지 반 년 정도 지났어요. 솔직히 스킨십을 할 때는 그냥 터프한 스타일이려니 했죠. 그런데 섹스할 때도 너무 밀어붙인다는 게 문제였어요. 한국 남자들은 힘으로 밀어붙이고 그냥 오래 하기만 하면 섹스를 잘 하는 거고 여자도 만족할 거라고 생각하는 것 같아요. 예전 남자친구도 좀 그런 편이었거든요. 사실 저는 그다지 만족스럽지 않은데 이제 와서 얘기하자니 지금까지 좋은 척 했던 게 다 탄로 나는 셈이 되잖아요. 어떻게 해야 할지 잘 모르겠어요." 그야말로 벙어리 냉가슴 앓는다는 게 바로 이런 게 아닐까. 사랑하는 연인과 달콤한 스킨십을 나누고 섹스를 통해 뜨거운 교감을 나눈다는 것은 그 자체로 황홀한 일인데 오히려 심리적으로 가까운 사이이기 때문에 불만이 있어도 제대로 표현할 길이 없으니 말이다.

하지만 무작정 낙담할 일은 아니다. 당신의 행동에 따라 상황은 얼마든지 좋아질 수 있다. 일단 그와의 스킨십이나 그가 섹스하는 방식이 별로 마음에 들지 않을 때 직접적으로 불만을 표시하지는 말자. 이것은 절대 금물이다. 남자란 '그래도 이 정도면 좋아하겠지' '이 정도면 잘하는 거겠지'라고 생각하는 존재들이기 때문에 직접적으로 그의 테크닉에 대해 지적을 하면 자존심에 큰 상처를 받게 되고 그렇게 되면 결국 당신이 원했던 변화는 아예 기대할 수 없게 된다. 정말 그가 변화하는 걸 보고 싶다면 일단 그를 칭찬해주자. 그런 후에 원하는 제안을 추가해보자. "그렇게 해주는 것도 좋은데 이렇게도 하면 더 좋은 것 같아"라는 식으로 제안하면 남자는 신이 나서 당신의 기대에 부응하게 된다. 만약 그가 말한 대로 잘 따라온다면 역시 그가 보여준 테크닉에 대해 적절한 반응을 보이는 것도 중요하다. 당신이 기뻐하고 행복해하는 모습은 그에게 무엇보다 큰 보상이 되기 때문이다.

그리고 평상시에 스킨십이나 섹스에 관해서 둘 사이에 편안한 대화를 주고받는 분위기를 만들어두는 것도 중요하다. 스킨십이나 섹스와 관련한 고민거리가 있는 커플들에겐 일종의 공통점이 있는데, 그건 바로 성적인 부분에 대해서 전혀 커뮤니케이션을 하지 않는다는 것이다. 두 사람 모두 마음속으로 '좋아하겠거니'라고만 생각하니까 마음속에 서로에 대한 불만만 쌓이게 된다. 하지만 정말로 두 사람의 관계가 친밀해지고 또 오래 가길 원한다면 이런 부분에 대해서도 터놓고 이야기할 수 있어야 한다. 아무리 사랑한다고 해도 상대방이 원하는 100퍼센트의 그 무엇을 그저 눈빛만으로 알아차릴 수는 없기 때문이다.

만약 그가 이런 부분에 대해서 대화를 나누는 것을 꺼리는 타입이라면 당신이 먼저 용기를 내는 수밖에 없다. 데이트 도중에 아주 소프트한 스킨십을 나누면서 그에게 스킨십이나 섹스에 관한 이야기를 꺼내는 것이다. 예를 들어 길거리를 함께 걸어갈 때 그의 손을 깍지 끼면서 "난 자기가 나랑 섹스할 때 이렇게 손을 깍지 껴주면 정말 좋더라"라고 속삭인다든가, 카페에 앉아 있는 그의 등을 쓰다듬어주면서 "등 만져주니까 기분 좋지? 우리 이따가 서로 등 마사지해줄까? 내가 잡지에서 읽었는데 등이 굉장한 성감대라더라"라며 섹슈얼한 스킨십을 유도하는 것이다.

밝은 대낮에 성감대에 대해 이야기할 수 있는 분위기만 유도할 수 있다면 실제로 침대 위에서 "이렇게 해보면 어떨까" "난 저렇게 해주면 좋겠어"라고 제안하는 것도 어려운 일은 아니게 된다. 평상시에는 스킨십에 대해 서로 아무런 이야기도 하지 않다가 갑자기 침실에서 제안을 하려고 하니 당신도 그도 머쓱한 상황이 만들어지는 것이다. 길거리를 가다가도 자연스럽게 키스와 포옹을 나누는 외국인 연인들의 모습을 상상해보자. 소프트한 스킨십을 자주 나누면서 자연스럽게 수위를 높여갈 수 있다면 마음을 열고 서로의 성감대에 대해 이야기할 수 있게 될 확률도 높아진다.

그러나 단순히 말을 더 많이 한다고 모든 문제가 해결되지는 않는다. 지금보다 만족스러운 스킨십이나 섹스를 하기 위해서는 자기의 욕구와 감정을 드러내는 것을 두려워하지 말아야 한다. 당신이 오르가슴을 느꼈는지 그가 생각도 않고 자기 욕구만 채우려고 한다면 "좀 더 하고 싶어"라고 구체적으로 말을 해야 한다. 그가 전희는 나 몰라라 하고 삽입부터 시작하려고 한다면 "조금만 더 안아줘" "난 아직 더 시간이 필요해"라고 그를 제지할 수 있어야 한다는 것. 또 스킨십이나 섹스를 하다 정말 기분이 좋을 때는 정말로 기분이 좋다는 것을 마음껏 드러낼 줄도 알아야 한다. 섹스나 스킨십은 남자가 이끌게 해야 한다는 소극적인 생각이나, 너무 밝히는 여자가 되면 그가 싫어할지도 모른다는 불안감 때문에 오히려 두 사람 사이가 멀어지는 경우도 많다.

연인과의 만남에서 주체가 된다는 것은 단지 내가 좋아하는 사람을 선택하고 데이트 코스를 짜는 정도로 끝나지 않는다. 스킨십과 섹스는 관계를 친밀하게 만들어주는 연애의 핵심적인 요소이기 때문에 이 문제에 대해 소극적으로 대처할수록 두 사람은 감정적으로 소원해질 수 있다.

세상이 변했고 여성 상위 시대니 알파걸이니 하는 시대가 되었는데 여전히 스킨십과 관련된 문제에 대해서는 많은 사람들이 소극적인 자세로 대처하는 것은 무척 안타까운 일이다. 하지만 이 문제에 대해서 스스럼없이 연인과 이야기할 수 있고 자기 욕구에 솔직하게 감정을 드러낼 수 있고 일상 생활 속에서 스킨십을 나누는 것을 두려워하지 않는다면 그렇게 어려운 문제도 아니다. 연애란 결국 혼자 있을 때보다 함께 있을 때 행복해지기 위해서 하는 것임을 기억하자. 그와의 스킨십과 섹스는 무조건 즐겁고 행복해야 한다. 지금 그와의 스킨십과 섹스가 100퍼센트 만족스럽지 않다면 무언가 해결책이 필요하다. 너무 부담 갖지 말고 조금씩 실천해보면서 추이를 지켜보라. 만약 당신의 노력에 조금도 반응하지 않는 남자가 있다면 나에게 데려오길 바란다. 당장 버릇을 고쳐놓겠다!

그와의 친밀도를 높이는 똑똑한 터치

1. 목과 등 주변을 부드럽게 어루만져 준다. 남자가 여자의 등을 만져주는 경우는 많지만, 정작 여자들은 남자의 등을 잘 만져주지 않기 때문에 그에게는 색다르게 느껴질 것.

2. 엘리베이터를 함께 타거나 비상계단을 올라갈 때, 그의 엉덩이를 톡톡 두들겨준다. 다른 사람이 있을 때는 난감해하는 스킨십이지만, 단둘이 있을 때는 은근히 좋아하는 스킨십.

3. 그가 운전 중일 때 허벅지 안쪽을 두세 번 쓰다듬어 준다. 너무 야하지만은 않게 쓰다듬어주고, 그에게 애정 어린 미소만 살짝 날려줄 것. 그는 착한 어린양이 될 것이다.

어렵게 잡은 내 남자, 오래오래 사랑하고 싶다면

궁극적인 연애의 목표는 '당신의 행복'이다

"지난 주 금요일이었어. 남자친구랑 전화 통화를 하는데 주말 스케줄을 내가 물어봤어. 그런데 토요일 저녁 빼고는 다 괜찮다고 하는 거 있지. 내가 분명히 일요일 저녁에 가족끼리 식사해야 하니까 토요일에 보자고 했는데 어떻게 토요일 저녁에 선약을 잡을 수가 있는 거니? 왜 하필 그날 약속을 잡았냐고 캐물으니까 업무상 미팅이라서 어쩔 수 없었다고 하는데 아무래도 거짓말 같아서 기분 완전 잡쳤어. 그래도 어쨌든 연애 중인데 주말에 나 혼자 있게 놔두다니 그게 말이 되니?"

몇 년간 연애가 제대로 풀리지 않다가 모처럼 커플 생활에 돌입한 선배 L이 내게 고민 상담을 신청해왔다. 나이는 나보다 두 살이나 많았지만 연애 경험이 많지 않았던 그녀는 아니나 다를까 연애하다

벌어지는 다양한 상황들에 대해서 굉장히 스트레스를 받고 있던 터였다. 그리고 이번엔 주말을 함께 보내지 않았다는 이유로 남자친구에게 단단히 화가 나 있었다. 그녀는 주말에 따로 시간을 보낼 거라면 뭐 하러 연애를 하냐며 화를 내다가 아무래도 다른 여자가 생긴 것 같다며 그의 뒤를 밟을 생각까지 하고 있었다.

안타까운 마음이 들긴 했지만 그녀의 연애가 그렇게 오래 갈 것 같지는 않았다. 그리고 그녀가 기본적인 태도를 바꾸지 못한다면 그 누구를 만나더라도 즐거운 연애를 하지 못할 거라는 생각도 들었다. 사실 이런 식의 고민과 불만은 연애를 시작한 여자들 상당수가 겪는 문제이긴 하다. 자기는 남자친구와의 만남을 항상 최우선으로 남겨놓는데 남자친구는 일을 최우선으로 두는 것 같아 서운하다는 것이다. 그리고 그 서운함이 증폭되는 순간엔 '혹시 다른 여자가 있는 것 아닌가' 하고 의심하기까지 한다. 그런데 이렇게 스스로를 괴롭히게 되는 행동을 하게 되는 이유는 결국 한 가지다. 연애를 시작하는 순간부터 자기 삶의 모든 포커스를 연애에 맞추기 때문이다.

쉽게 하는 말로 '쿨하게' 연애한다는 것이나 '쿨하게' 남자를 만난다는 것은 그렇게 쉽지 않다. 내가 너무 좋아하는 남자를 만나면 한 순간도 떨어져 있고 싶지 않고 그의 일거수일투족을 다 꿰고 싶고 그가 나 한 사람에게만 집중해주었으면 좋겠다고 생각하는 것은 너무 당연한 감정이다. 하지만 실제로 연애하면서 이런 식으로 생각하고 행동하고 있다는 걸 알아차렸는데 '이건 당연한 거야'라고 생각하며 그런 상태를 묵인하는 것은 안 된다. 그런 상태는 결국 자신에게 독이 되고 연애를 지속하는 데에도 악영향을 끼친다.

우리가 애초에 연애를 하는 이유부터 다시 생각해보자. 사람마다 다양한 이유가 있겠지만 유일하게 공통적인 이유가 있다면 그건 바로 연애하는 자기 자신이 연애하지 않는 상태보다 행복하다고 믿기 때문이다. 혼자 있는 것보다 내가 좋아하고 또 나를 아껴주는 사람과 감정을 나누고 또 뭔가 함께 할 수 있다는 것이 주는 쾌감은 마약에도 견줄 만큼 큰 행복이다. 한마디로 연애는 '내가 행복하기 위해서' 하는 것이다. 그런데 연애를 시작하면, 가끔 그 목적을 잊어버리고 무게 중심을 잃어버리는 경우가 많다. 행복하기 위해서 연애하는 게 아니라 연애하기 위해서 연애하는 것 같은 상황을 만든단 말이다. 데이트하기 위해서 연애를 하고 그를 독점하기 위해서 연애를 하고 그저 혼자가 싫어서 연애를 하니 그 연애를 지속시키는 것이 짐이 되고 의무가 되고 만다.

내가 행복하기 위해 연애를 한다는 생각이 확고하게 자리잡으면 연애가 한결 쉬워진다. 예를 들어 그가 갑자기 연락을 끊더라도 그에게 화를 내지 않을 수 있다. '그가 연락이 되지 않는다고 화내는 내 자신이 행복한가'라는 질문을 스스로에게 던지면 그가 먼저 연락을 해올 때까지 조용히 혼자만의 시간을 가질 수 있다. 그가 주말에 선약이 있다고 해도 '그와 함께 보내지 않는 주말에 내가 행복할 수 있으려면 어떻게 할까?'라는 대안을 생각하게 된다. 이런 식의 생각을 거듭하다 보면 그와 함께 행복한 시간을 보내는 것은 연애의 목표가 될 수 있지만 인생의 목표가 될 수는 없다는 것을 깨닫게 된다. 인생을 살아가는 이유는 바로 스스로의 행복에 있으니 말이다.

이렇게 생각할 줄 아는 여자를 둔 남자친구 역시 덩달아 더 행복해진다. 연애를 시작했다고 자기 삶은 뒷전인 채 연애 자체에만 올인하는 연애 지상주의자형 여자들만 계속 겪어왔던 남자라면, 이렇게 독립적인 연애를 할 줄 아는 여자에게 일종의 경외심마저 느낄 것이다.

언제나 자기 삶의 행복을 판단 기준으로 생각하는 것이야말로 '잡힌 여자가 되지 말라'는 연애 선배들의 충고를 가장 바람직하게 실천할 수 있는 방법이다. 남자 입장에서는 그녀가 '잡힌 것 같은데 안 잡힌 것 같은 여자'로 보일 테니 만나는 내내 긍정적인 긴장감을 느끼게 되고 오히려 연애의 짜릿함마저 느끼게 된다.

앞으로 다가올 인연을 준비하는 사람이든 아니면 연애를 막 시작한 사람이든 결국 중요한 것은 혼자서도 씩씩하게 잘 지낼 수 있는 사람인지의 여부다. 연애를 하지 않아도 행복할 수 있고 연애를 해도 마냥 행복하지만은 않을 수 있다는 것을 먼저 깨달아야 실제 연애가 즐거워지는 법이다. 그런데 많은 이들은 그걸 잊고 '어떻게 하면 빨리 짜릿한 연애를 시작해볼 수 있을까'에만 골몰한다. 그러니 어쩌다 운 좋게 연애를 시작해도 '연애했으니까 무조건 행복하겠지'라는 안일한 생각만 하게 된다. 노력하지 않는 연애가 행복할리 없으니 결국 누구와 사귀든 불평과 싸움이 끊이지 않게 된다.

우리는 연애를 시작하는 것이 쉽지만은 않은 이유에 대해서도 살펴봤고 마음에 드는 남자의 시선을 어떻게 끌어야 하는지 또 어떻게 대시를 해야 하는지에 대해서도 알아봤다. 하지만 이 모든 세세한 테크닉들을 기억하기 전에 잊지 말아야 하는 것은 딱 한 가지다. 혼자서도 행복할 수 있는 사람이 둘이서도 행복할 수 있다는 것이다.

아마도 당신은 확실한 누군가가 옆에 있지 않은 상황이기에 이 책을 읽고 있으리라 생각한다. 하지만 누군가가 생기고 난 후에 연애와 행복의 상관관계에 대해 생각하면 조금 늦은 타이밍이다. 혼자서 홀가분하게 많은 생각을 할 수 있을 때 결국 인생의 목표는 행복이었다는 것을 깨달을 수 있을 것이다. 또한 바로 그 순간 혼자만의 시간을 정말 잘 보내고 있다고 말할 수 있을 것이다. 조급해하지 않으며 정말로 나의 인연을 발견했을 때 자신 있게 "당신과 함께라면 더 행복할 수 있을 것 같아요"라고 말할 수 있는 것. 이것이야말로 우리가 꿈꾸던 바로 그런 연애가 아닐까?

KI신서 7307

신데렐라의
유리구두는
전략이었다

1판 1쇄 발행 2009년 10월 12일
1판 12쇄 발행 2015년 8월 3일
2판 1쇄 발행 2018년 2월 5일

지은이 곽정은
펴낸이 김영곤 **펴낸곳** (주)북이십일 21세기북스

정보개발2팀장 김수현
디자인 박선향
정보개발본부장 정지은
출판영업팀 이경희 이은혜 권오권
출판마케팅팀 김홍선 배상현 최성환 신혜진 김선영 나은경
홍보기획팀 이혜연 최수아 김미임 박혜림 문소라 전효은 염진아 김선아
제휴팀장 류승은 **제작팀장** 이영민

출판등록 2000년 5월 6일 제406-2003-061호
주소 (우 10881) 경기도 파주시 회동길 201(문발동)
대표전화 031-955-2100 **팩스** 031-955-2151 **이메일** book21@book21.co.kr

(주)북이십일 경계를 허무는 콘텐츠 리더

21세기북스 채널에서 도서 정보와 다양한 영상자료, 이벤트를 만나세요!
페이스북 facebook.com/21cbooks   **블로그** b.book21.com
인스타그램 instagram.com/21cbooks   **홈페이지** www.book21.com
서울대 가지 않아도 들을 수 있는 명강의! 〈서가명강〉
네이버 오디오클립, 팟빵, 팟캐스트에서 '서가명강'을 검색해보세요!

ⓒ 2009 곽정은

ISBN 978-89-509-7354-4 03810